현대무림

현대무림 9

초판 1쇄 인쇄일 2018년 8월 20일 ㅣ **초판 1쇄 발행일** 2018년 8월 23일

지은이 조휘 ㅣ **펴낸이** 곽동현 ㅣ **담당편집 팀장** 이범수
편집부 홍현주 정요한

펴낸곳 (주)조은세상 ㅣ 출판등록 제 2002-23호
주소 경기도 연천군 미산면 청정로 1355
TEL 편집부 02)587-2966 ㅣ FAX 02)587-2922
e-mail bukdu@comics21c.co.kr

조휘 ⓒ 2018
ISBN 979-11-89398-86-6 ㅣ ISBN 979-11-6171-609-1(set) ㅣ 값 8,000원

현대무림

조휘 현대판타지 장편소설 9

NEO MODERN FANTASY STORY

북두
(도)조은세상

조휘 현대판타지 장편소설

NEO MODERN FANTASY STORY

CONTENTS

1장. 선객(先客)

우건은 오른손으로 청년의 얼굴을 틀어쥐며 물었다.

"이름이 뭔가?"

고통스러운 신음을 흘리던 청년이 간신히 대답했다.

"나, 남도혁(南道赫)입니다……."

우건은 남도혁에게 몇 가지 더 물어보았다.

그러나 마약에 잔뜩 취한 남도혁은 질문을 이해조차 못
했다.

우건은 하는 수 없이 남도혁의 혈도를 짚었다.

이성을 상실한 사람의 정신이 잠시 돌아오게 해 주는 혈
도였다.

물론, 정신이 돌아오게 해주는 대신에 영구적인 장애가 남을 수 있는 비혈(秘穴)이었지만 우건은 크게 신경 쓰지 않았다.

남도혁의 정신이 돌아온 사실을 확인한 우건은 다시 물었다.

"성아병원에 입원했던 사실을 기억하나?"

남도혁은 질문에 대답하지 않았다.

그러나 정신이 나가서 질문에 대답하지 않은 것은 아니었다.

남도혁은 어떻게 하면 우건의 손에서 빠져나가 이 사실을 다른 사람들에게 알릴 수 있을지 궁리하느라 대답하지 못했다.

우건은 남도혁의 얼굴을 틀어쥔 손에 힘을 더 주었다.

"질문에 대답하는 게 좋을 거야."

그제야 화들짝 놀란 남도혁이 서둘러 대답했다.

"마, 맞습니다…… 서, 성아병원에 입원한 적이 있습니다…….."

"마약과다복용으로 입원한 건가?"

"그, 그렇습니다."

"치료받은 다음에는 왜 몰래 퇴원했지?"

"아, 아버지가 그렇게 하라 시, 시켰습니다…….."

"네 아버지가 대체 누군데?"

"대, 대검 차, 차장검사로 계십니다…….."

남도혁에 따르면 그의 아버지 남인수(南仁壽)는 대검찰청 차장검사였다. 대검 차장검사는 서울중앙지검 지검장과 더불어 차기 검찰총장 후보로 거론되는 요직이었다.

우건은 미간을 살짝 찌푸렸다.

"아버지 출세에 지장을 줄 것 같아서 몰래 퇴원했다는 건가?"

"그, 그렇습니다…….."

"성아병원의 진료기록을 없앤 행동 역시 그런 이유에서인가?"

"마, 맞습니다…….."

"네가 복용했던 마약은 누구에게 받았나?"

"등, 등선문 문도가 주었습니다…….."

몇 가지 정보를 알아낸 우건은 남도혁을 계속 취조했다.

그러나 우건이 비혈을 점해 억지로 눌러놓았던 마약의 독성이 뇌수로 흘러든 탓에 남도혁이 혼수상태에 빠졌다.

사경을 헤매는 남도혁을 다시 의자에 앉혀 놓은 우건은 등선문에서 경계가 가장 삼엄한 별장 2층으로 올라갔다. 2층으로 올라가는 동안 등선문 문도 10여 명을 지나쳤지만, 일월보를 이용해 신형을 감춘 우건을 알아보는 이는 없었다.

별장 2층은 그야말로 호화의 극치를 달리는 곳이었다.

우선 수입산 대리석이 바닥 전체에 깔려 있었다. 그리고 대리석 바닥 위엔 고급 가죽 소파와 원목으로 만든 원형 테이블이 놓여 있었다. 또, 장식장엔 진품으로 보이는 청자와 백자 등이 진열되어 있었으며 반대편 벽에는 명화가 걸려 있었다.

소싯적에 도둑으로 이름 날린 원공후가 좋아할 법한 장소였다.

우건은 신형을 감춘 상태에서 기파를 발출했다.

발출한 기파는 마치 레이더 전파처럼 퍼져 나갔다.

잠시 후, 되돌아온 기파가 우건에게 필요한 정보를 전해주었다.

안방 문 옆에 등선문 문도로 보이는 네 명이 매복해 있었다.

일월보는 훌륭한 보법임과 동시에 뛰어난 은신술임은 틀림없었다.

그러나 아무리 뛰어난 보법이라 한들, 초능력을 발휘하지는 못했다.

일월보가 닫혀 있는 문을 통과시켜주지는 않는 것이다.

물론, 신형을 감춘 상태에서 문을 열 방법이 아예 없진 않았다.

그러나 사람이 보이지 않는 상태에서 문이 자기 혼자 벌컥 열려버리면, 문을 지키는 문도들이 눈치를 챌 수밖에 없었다.

그렇다면 방법은 하나였다.

일월보를 푼 우건은 적이 반응하기 전에 무영무음지를 연속 네 번 발출했다. 무영무음지란 이름처럼 은밀하기 짝이 없는 지력 네 가닥이 이내 매복한 적의 미간을 연달아 관통했다.

우건은 적이 쓰러지는 모습을 확인하지 않았다.

지금은 시간과의 싸움이었다.

무음무영지는 소리가 나지 않지만 시체는 달랐다.

시체가 바닥에 닿는 순간, 어떻게든 소리가 날 수밖에 없었다. 그리고 소리가 들리는 순간, 안방에 있는 표적이 눈치 챌 가능성이 아주 높아 기습의 이점을 살리기가 어려웠다.

우건은 청성검을 뽑아 문부터 갈라갔다.

콰아앙!

단단한 목재로 만든 안방 문이 수십 조각으로 잘려 날아갔다.

혹시 몰라 호신강기로 몸을 감싸며 뛰어든 우건의 눈에 거대한 침대에서 몸을 일으키는 건장한 체격의 사내가 들어왔다.

"빌어먹을!"

고함을 지른 중년 사내가 옆에 누워 있던 여자를 그에게 던졌다.

"꺄아악!"

실오라기 하나 걸치지 않은 여자가 비명을 지르며 날아 왔다.

우건은 중년 사내의 행동을 주시하다가 그에게 날아드는 여자에게 상비흡주를 펼쳤다. 그에게 날아드는 여자를 자세히 보진 않았지만 얼굴과 몸매가 꽤 괜찮은 미인처럼 보였다.

어쨌든 무고한 여자를 죽일 필요까진 없다는 생각에 상비흡주를 펼쳐 그에게 날아드는 벌거벗은 미녀를 구해주려 했다.

한데 그때였다.

여자가 갑자기 공중에서 몸을 빙글 돌리는 게 아닌가!

자세를 바꾸는 속도를 봐서는 결코 일반인의 몸짓이 아니었다.

자세를 바로 한 여자가 손톱으로 우건의 목을 할퀴었다.

쉬익!

여자가 손톱으로 할퀴어 공격하는 조공(爪攻)을 익힌 듯했다.

상비흡주를 회수한 우건은 흑웅시록으로 초식을 변경했다. 곰의 발을 형상화한 우건의 손이 여자의 손톱에 부딪쳐 갔다.

타타타탕!

흑웅시록은 과연 그 위력이 대단했다. 여자의 손톱을 단숨에 잘라낸 흑웅시록이 내친 김에 여자의 가슴까지 훑어갔다.

"꺄아아악!"

좀 전에 지른 비명은 꾸며낸 감이 없지 않아 있었다.

그러나 지금 지른 비명은 절대 꾸며낼 수 없는 비명이었다.

흑웅시록에 의해 조각조각 부러진 갈비뼈가 폐와 심장을 찔러 치명상을 입은 사람만이 낼 수 있는 처절한 비명이었다.

방금 전까진 뭇 사내들의 마음을 뒤흔드는 절세 미녀였지만 지금은 피를 흘리며 구석에 처박히는 신세를 면치 못했다.

그때였다.

부웅!

회색빛 도광 한 가닥이 우건의 가슴을 날카롭게 베어왔다. 여자를 이용해 시간을 끈 중년 사내가 그 틈에 기습한 것이다.

그러나 중년 사내는 우건이 분심공을 익혔단 사실을 몰랐다.

우건은 분심공으로 여자와 중년 사내의 움직임을 같이 관찰했다. 당연히 여자를 그에게 던진 중년 사내가 벽으로 달려가 그곳에 걸어둔 칼집에서 칼을 뽑는 모습을 똑똑히 보았다.

그리고 흑옹시록에 의해 죽은 여자가 구석에 처박히는 동안, 중년 사내가 칼을 뽑아 베어오는 광경 역시 똑똑히 보았다.

우건은 섬영보를 펼쳐 도광을 피했다.

콰앙!

우건을 헛친 회색빛 도광이 대리석 바닥에 균열을 일으켰다.

중년 사내는 등선문 문주 회회도(回回刀) 안태권(安太勸)이었다.

우건은 애초에 벌거벗은 안태권과 오래 싸울 마음이 없었다. 아니, 그럴 마음이 들지 않는다는 표현이 더 맞을 것이다.

우건은 지체 없이 천지검법을 펼쳐 공격해갔다.

파파팟!

청성검이 만든 검광이 빗살처럼 안태권의 요혈을 찔러갔다.

"어림없다!"

소리친 안태권이 회회도의 절초로 천지검법을 막아왔다.

천지검법의 절초와 회회도의 절초가 강하게 부딪치는 순간.

콰콰콰쾅!

폭음과 함께 안태권이 주르륵 밀려났다.

내상을 입은 듯 얼굴이 하얗게 질려 있었다.

그러나 우건은 상대의 부상에 마음이 약해질 사람이 아니었다.

오히려 섬영보로 거리를 좁히며 천지검법의 절초를 펼쳐갔다.

곧 유성추월, 선도선무, 오검관월 세 초식이 만들어낸 수십 개의 청광(靑光)이 별무리처럼 한태권의 신형을 에워쌌다.

얼굴이 헬쑥해진 안태권은 사방에 도광을 뿌려댔다.

그러나 그가 애도를 이용해 뿌려낸 회색빛 도광은 청성검이 만들어낸 푸른색 검광에 막혀 숨조차 제대로 쉬지 못했다.

우건은 결국 파탄을 드러낸 안태권에게 생역광음을 찔러갔다.

쉬익!

날카로운 파공음이 귀청을 찢는 순간.

카앙!

우건의 생역광음에 미간을 뚫리기 직전, 안태권은 가까스로 칼을 휘둘러 막아냈다. 그러나 그 바람에 자세가 완전히 무너져 우건의 후속 공격을 막아낼 방법이 사라져 버렸다.

안태권이 손을 들며 소리쳤다.

"잠, 잠시만!"

그러나 우건은 재차 생역광음을 펼쳐 안태권의 목덜미를 찢어버렸다. 목이 반쯤 잘린 안태권이 믿을 수 없단 표정으로 우건을 쳐다보다가 뒤로 넘어가며 쿵 하는 소리를 냈다.

몸을 돌린 우건은 싸우는 소리에 놀라 달려 올라온 등선문 문도들을 주살하며 별장을 빠져나왔다. 우건은 등선문 최강 고수인 문주 회회도 안태권이 열 합을 버티지 못한 상대였다. 등선문 문도가 우건을 막기란 불가능한 일인 것이다.

별장을 나온 우건은 김철과 합류해 승합차로 돌아갔다. 승합차에서 기다리던 김은 등은 이미 출발준비를 마친 상태였다.

덕분에 우건과 김철을 태운 승합차는 바로 출발할 수 있었다.

차가 고속도로 분기점에 도착했을 때였다.

우건이 김동에게 넌지시 물었다.

"필요한 정보는 찾았는가?"

노트북으로 뭔가를 조사하던 김동이 고개를 돌리며 대답했다.

"예, 다행히 필요한 정보는 모두 확보했습니다."

"어디에 있나? 그 자양문이란 조직은?"

"서해에 위치한 녹수도(錄樹島)란 섬에 있습니다. 목포에서 배로 네 시간 걸리는 섬인데, 이진현(李進現)이란 사람의 개인 소유라 다른 사람은 허락 없이 들어갈 수 없답니다."

고개를 끄덕인 우건은 의자에 몸을 묻으며 지시했다.

"그럼 지금 바로 목포로 가세."

룸미러로 우건을 힐끔 본 김은이 차를 돌려 목포로 향했다.

일행을 실은 차는 영동고속도로 상행선을 타다가 이천에서 중부고속도로로 바꿔 탔다. 그리고 공주에서 서해안고속도로를 이용해 녹수도의 모항에 해당하는 목포로 내려갔다.

김동이 도착하기 전에 휴대전화 애플리케이션으로 방을 잡아둔 덕분에 일행은 시내를 돌아다니며 방황할 필요가 없었다.

방에 여장을 푼 일행은 잠시 휴식을 취했다. 어제 저녁부터 쉼 없이 움직인 탓에 다들 얼굴에 피곤한 기색이 역력했다.

독방을 얻은 우건은 눈을 잠시 붙였다가 일어나서 천지조화인심공을 연공하기 시작했다. 이기어검술 초입 단계에 입성한 후에는 천지조화인심공의 성취 속도가 눈에 띄게 빨라져 전성기 6할에 해당하는 내력을 다시 회복하는 데 성공했다.

우건이 심법 운기행공을 막 마쳤을 때였다.

똑똑!

문을 두드리는 소리가 들려왔다.

가부좌를 푼 우건은 자리에서 일어나 문을 보며 말했다.

"들어오게."

문을 두드린 사람은 김은 삼형제와 남영준이었는데, 허락을 받아 방 안으로 들어온 그들의 손에는 포장용기가 들려 있었다.

김은이 용기 안에서 김이 나는 국밥과 반찬 몇 가지를 꺼냈다.

"움직이기 전에 식사 먼저 하시는 게 어떻겠습니까? 막내와 남 사제가 잘한다는 집을 수소문해 공수해 온 순대국밥입니다."

탁자 주위에 옹기종기 모여 앉은 일행은 탁주를 반주삼아 순대국밥과 모둠순대로 배를 채웠다. 식사를 끝낸 다음에는 김철이 끓여 온 차와 커피로 입가심까지 깔끔하게 마쳤다.

찻잔을 내려놓은 우건은 일행을 둘러보며 물었다.

"이제 일 얘기를 해야겠군. 배는 어떻게 하기로 했나?"

김은이 즉시 대답했다.

"식사를 한 후에 제가 막내와 함께 부두에 나가 배를 빌릴 생각이었습니다. 위조신분증을 쓰면 쉽게 구할 수 있을 겁니다."

"그럼 그렇게 하게."

"예."

대답한 김은과 김철은 곧장 근처 부두로 향했다.

배를 몰 줄 아는 사람이 없으면 선장을 따로 수배해야 했을 테지만 김은이 선박을 조종할 줄 알아 그럴 필요가 없었다.

우건이 김동에게 물었다.

"등선문 인트라넷에서 다운받은 자료는 얼마나 살펴보았는가?"

"자료의 양이 생각보다 많아 시간이 조금 더 걸릴 듯합니다."

우건은 방에 걸린 시계를 보았다.

오후 한 시였다.

"아직 시간이 있네. 천천히 살펴보도록 하게."

"예, 주공."

대답한 김동은 남영준과 함께 작업을 재개했다.

그로부터 1시간이 지났을 때였다.

예상하지 못한 사람이 일행을 찾아왔는데 바로 최욱이었다.

최욱의 인사를 받은 우건이 놀라 물었다.

"규정문주가 여까진 어인 일이시오?"

자리에 앉던 최욱이 옆에 시립해 있는 남영준을 힐끗 보았다.

-제자 놈이 도와 달라기에 부리나케 달려오는 길입니다.

"남 사질이 서울에 있는 규정문주에게 도와 달라 청했단 거요?"

남영준은 찔리는 게 있는 듯 얼른 앞으로 나와 용서를 구했다.

"주공께 먼저 말씀드리지 못해 죄송합니다. 사질의 소견으로는 우리가 가려는 녹수도에 강한 고수가 많을 것 같아 고수의 지원이 절실해 보였습니다. 그래서 휴게소에 잠시 들렀을 때, 서울에 계신 사부님께 도와 달라 부탁드린 겁니다."

우건은 남영준의 행동을 탓하지 않았다.

"잘했네. 나 또한 규정문주가 와서 한시름 놓은 게 사실이니까."

"그렇게 생각해주셔서 감사합니다."

우건은 최욱에게 그간의 일을 간추려 설명했다.

설명을 들은 최욱이 우려하는 표정으로 물었다.

-이대로 괜찮겠습니까?

-무슨 말이오?

-지금쯤이면 홍살문과 등선문이 공격당했단 사실을 자양문 역시 눈치 챘을 겁니다. 반나절이 지난 탓에 이미

대비를 마쳤을 텐데 우리만으로 자양문을 제압할 수가 있겠습니까?

우건 또한 목포로 내려오는 동안, 최욱과 같은 걱정을 하였다. 그러나 곰곰이 궁리해본 결과, 방법이 전혀 없진 않았다.

―자라처럼 웅크린 적을 치는 건 헛심을 쓰는 행동일 뿐 아니라, 위험하기까지 하오. 그러나 자라의 머리와 다리가 밖으로 나오게 만든다면 우리에게 기회가 있을 거라 생각하오.

우건이 전음으로 최욱과 작전을 상의할 때였다.

배를 구하러 간 김은과 김철이 돌아왔다.

김은, 김철 두 사람은 먼저 사숙인 최욱에게 인사부터 올린 다음, 우건에게 보트를 한 척 빌렸다는 사실을 보고했다.

저녁식사를 배달시켜 배불리 먹은 뒤 잠시 운기조식하는 시간을 가진 우건 일행은 저녁 9시쯤 모텔을 나와 부두를 찾아갔다.

김은이 빌린 레저용 보트에 탑승한 일행은 자양문이 있다는 녹수도를 목표로 조용히 출발했다. 녹수도는 목포에서 배로 네 시간 거리에 있었다. 자정이 지나야 도착할 듯했다.

보트가 녹수도로 향하는 동안, 우건은 김동의 보고를 받았다.

인트라넷을 해킹한 우건 덕분에 김동은 등선문이 관리하는 인맥과 관련한 정보, 자양문의 위치 등을 알아낼 수 있었다.

우건은 거친 파도를 넘느라 크게 흔들린 보트의 선체가 안정을 찾길 기다리다가 보고를 위해 찾아온 김동에게 물었다.

"다운받은 데이터에 어떤 정보가 있었나?"

"등선문과 거래해 온 거물들의 정보가 들어 있습니다."

"그 거물들이 누군가?"

김동이 노트북을 돌려 우건이 모니터를 볼 수 있게 해줬다.

"이거부터 먼저 보십시오. 놈들이 엑셀로 정리해둔 리스트인데 위에서부터 대검찰청, 서울중앙지검, 서울동부지검, 수원지청, 대구지청, 광주지청, 부산지청 등에서 근무하는 현직 검사들의 이름이 적혀 있었습니다. 그들의 직위는 평검사에서부터 부장검사, 차장검사, 지검장까지 다양했습니다. 심지언 청와대, 법무부에 파견 중인 검사들까지 있었습니다."

김동의 말대로였다.

첫 장엔 현직 검사 수십 명의 이름이 적혀 있었다. 그리고 그들이 맡은 직위가 그 옆에 나란히 적혀 있었다. 우건은 리스트 맨 위에 있는 남인수의 이름을 마우스로 클릭해봤다.

남인수는 대검찰청 차장검사였다. 힘이야 중앙지검장이
더 있겠지만 서열만 보면 2인자에 해당했는데 그는 바로
우건이 이번 사건에 뛰어들게 한 장본인인 남도혁의 아버
지였다.

우건이 남인수의 이름을 클릭하는 순간.

남인수의 사진과 그가 그동안 접대받은 향응목록이 떠올
랐다.

남인수는 등선문에게서 10억이 넘는 뇌물을 상납받았다.
그리고 불과 얼마 전에는 등선문이 준 뇌물로 강남에 있는
오피스텔을 사들여 20대 초반 정부(情婦)까지 들여앉혔다.

목록 맨 밑에는 참조 링크가 붙어 있었는데 링크를 클릭
하기 무섭게 배가 나온 50대 중년 사내 하나가 벌거벗은 젊
은 여성 수 명과 뒤엉켜 있는 사진과 영상자료가 모습을 드
러냈다.

김동이 노트북 키보드를 누르며 설명을 이어갔다.

"두 번째 페이지에는 언론사 주요 간부들이 적혀 있었습
니다."

우건은 이름 옆에 적혀 있는 직위를 읽어보았다. 사주,
편집장, 논설, 주필, 기자, 앵커, 아나운서 등 언론계에 존
재하는 모든 직위가 거의 다 나와 있었다. 목록에 있는 사
람들을 전부 모아놓으면 그곳이 바로 대국민 기자 회견장
이었다.

세 번째 페이지에는 정부 주요 인사들의 이름이 있었다. 그리고 네 번째 페이지에는 사법부 인사들이, 마지막 다섯 번째 페이지에는 한정당과 민중당 의원들의 이름이 적혀 있었다.

이 다섯 페이지에 이름을 올린 자들은 그야말로 대한민국을 좌지우지하는 엘리트였다. 이들이 힘을 쓰면 막지 못할 일이 없었으며 하지 못할 일이 없었다. 제천회는 이들을 이용해 정계, 언론계, 법조계를 떡 주무르듯 주물러온 것이다.

제천회는 경찰조직 역시 자기편으로 끌어들이려했을 테지만 이미 특무대가 경찰을 장악한 상태라 목록엔 빠져 있었다.

우건이 노트북을 김동에게 돌려주었다.

"제천회가 만든 치부책(置簿冊)인 셈이군."

김동은 동의한다는 듯 고개를 끄덕이며 대답했다.

"제 생각 역시 그렇습니다. 놈들은 이 자료를 이용해 뇌물을 먹은 자들을 협박하거나 통제하는 데 사용했을 겁니다. 제천회 말을 듣지 않으면 뇌물을 받는 영상과 여자들과 뒹구는 영상을 인터넷에 풀어버린다며 협박을 가했을 겁니다."

김동은 노트북을 조작해 영상을 하나 재생시켰다.

"이건 새벽에 주공께서 등선문에 잠입해 촬영한 영상입니다."

우건은 고개를 끄덕였다.

직접 촬영한 영상인 탓에 노트북 모니터에서 흘러나오는 풍경이 아주 익숙했다. 벌거벗은 남녀가 뱀처럼 뒤엉켜 난교하는 모습, 마약을 하는 모습 등이 적나라하게 찍혀 있었다.

우건이 김동에게 물었다.

"이 영상은 왜?"

"주공께서 찾아낸 남인수의 아들 남도혁처럼 여기 모인 젊은이들 역시 뇌물 리스트에 있는 인사들의 자식으로 보입니다."

"자식들?"

"그렇습니다. 이를테면 등선문이 안전핀을 이중으로 설계해 둔 겁니다. 놈들은 아버지가 그들의 지시를 거부할 경우, 자식들을 이용해 협박하려 했을 겁니다. 자식이 마약을 복용하는 영상이나 난교하는 사진을 공개하겠다며 협박을 가하면, 제천회의 지시를 거부할 생각을 감히 하지 못할 겁니다."

우건은 김동의 말에 일리가 있단 생각이 들었다.

김동의 설명처럼 제천회는 뇌물을 먹은 당사자에게 협박이 통하지 않을 경우, 자식을 이용해 협박하려 했을 것이다.

우건이 등선문 지하에서 보았던 난행(亂行)은 이를 위한 포석인 것이다. 이제 미스터리는 거의 다 풀려가는 듯했다.

우건은 마약에 잔뜩 취한 남도혁의 모습을 떠올리며 물었다.

"남도혁을 성아병원에 입원하게 만든 마약은 어떤 마약인가?"

김동이 노트북 키보드를 두드리며 대답했다.

"독령단 내부에서는 프로젝트 Z라 불리는 신형 마약입니다. 중독성이 기존 마약보다 훨씬 강한 탓에 한번 복용하기 시작하면 절대 끊을 수 없는 악마와 같은 마약입니다. 평소 친하게 지내던 등선문 문도에게서 이 신형 마약을 전해 받은 남도혁이 서울에 있는 자택에서 몰래 복용하다가 발작 증세를 보여 성아병원으로 실려 간 것 같습니다. 남도혁의 아버지인 남인수 차장검사와 제천회는 이러한 사실을 덮기 위해 성아병원 진료기록을 없앤 다음, 홍살문 살수를 보내 남도혁을 치료한 한영미 선생을 죽이려 했던 것입니다."

우건은 미간을 살짝 좁히며 물었다.

"독령단이 마약사업을 벌일 정도로 한국에 마약중독자가 많은가?"

김동은 아니라는 듯 고개를 저으며 대답했다.

"독령단이 제조한 마약 대부분은 중국, 일본, 동남아시아, 멀게는 북미와 유럽 등지로 수출하는 용도가 틀림없습니다."

"독령단을 제거하면 제천회의 자금줄을 마르게 할 수 있겠군."

"그렇습니다."

잠시 생각을 정리한 우건은 지체 없이 김동에게 지시를 내렸다.

"정리한 자료를 특무대의 진이연 팀장에게 전해주게."

"바로 보내겠습니다."

김동은 정리한 자료를 바로 진이연에게 전했다.

잠시 후, 자료를 받은 진이연이 바로 우건에게 전화를 걸었다.

-방금 자료를 하나 받았는데 이게 대체 뭐죠?

-내용은 살펴봤소?

-네, 대충 살펴봤어요. 자료에 거물들의 이름이 잔뜩 있더군요.

-그 자료가 대통령이 하려는 일에 도움을 줄 수 있을 거요.

잠시 침묵하던 진이연이 몇 초 후에 다시 입을 열었다.

-우선 고맙다는 말부터 할게요. 그런데 그 전에 하나 물어볼 게 있어요. 이 정보는 독령단이란 조직에서 얻은 건가요?

-그렇소.

-그럼 재판장에선 쓰지 못하는 자료이겠군요.

-그럴 거요. 합법적으로 구한 자료는 아니니까.

-알았어요. 꼭 법대로 처리하란 법은 없으니까요.

-고맙소.

-아니요. 고마운 건 오히려 저희들이죠. 그럼 이만 끊을게요.

통화를 막 마쳤을 때였다.

남영준이 선실에 들어와 우건 귀에 속삭였다.

"김은 사형이 조종실로 오시랍니다."

우건은 김동, 남영준과 조종실로 올라갔다.

조종실은 조명을 꺼놓은 듯 약간 어두컴컴했다.

우건이 조종키 앞에 서 있는 김은에게 물었다.

"무슨 일인가?"

김은이 손가락으로 전방 9시를 가리켰다.

"저길 보십시오."

우건은 김은이 가리킨 방향으로 시선을 돌렸다.

김은이 가리킨 곳에는 마치 오래 전에 모습을 감춘 거대한 공룡이 비상하기 위해 몸을 웅크린 듯한 형태의 섬이 있었다.

우건이 시선을 떼지 않으며 물었다.

"제대로 도착한 건가?"

"둘째가 준 위성사진이 정확하다면 저 섬이 녹수도일 겁니다."

그 말을 들은 김동이 화를 벌컥 냈다.

"내가 큰형에게 준 위성사진은 정확해. NSA와 미국 지리정보국을 해킹해서 어렵게 구한 위성사진이니까 말이야. 만약 우리가 잘못 왔다면 그건 배를 잘못 운전한 형 탓이겠지."

평소에 그들 형제끼리 투덕거리는 장면을 많이 봐온 우건은 별로 신경 쓰지 않았다. 최욱에게 고개를 끄덕인 우건은 청성검을 등에 빗겨 찬 다음, 복면을 얼굴에 뒤집어썼다.

그로부터 1분이 채 지나지 않아 일행은 모든 준비를 마쳤다.

김은이 건넨 로프를 어깨에 짊어진 우건은 비응보로 날아올랐다. 그야말로 일학충천(一鶴沖天)을 떠올리게 하는 신법이었다. 발로 선창을 살짝 구르는 순간, 이미 몸은 어두운 밤을 활공하는 한 마리 새처럼 까마득한 점으로 변해 있었다.

최욱 등은 감탄 어린 시선으로 그런 우건을 지켜보았다.

한편, 비응보로 몸을 솟구친 우건은 고개를 들어 하늘을 보았다.

구름이 잔뜩 낀 회색빛 하늘 사이에 초승달이 막 모습을 드러내는 중이었다. 마치 한 폭의 수묵화를 보듯 아름답기 짝이 없었다. 그러나 우건에게는 풍경을 즐길 여유가 없었다.

이번에는 고개를 내려 아래를 보았다.

하얀 포말을 일으키며 끊임없이 해변으로 밀려드는 검은 파도가 시야에 들어왔다. 우건은 고개를 약간 들어 파도가 향하는 종착지를 바라보았다. 거센 파도가 철썩하는 굉음과 함께 성벽처럼 해안을 감싼 기암괴석에 부딪쳐갔다.

사람이든, 새든, 비행기든 솟구친 다음에는 다시 떨어질 수밖에 없었다. 중력이란 자연의 섭리가 그렇게 만드는 것이다.

물론, 사람은 새와 비행기보다 떨어지는 속도가 훨씬 빨랐다.

몸이 밑으로 꺼지는 느낌을 받은 우건은 왼발로 오른 발등을 세게 걷어찼다. 그 여파로 몸이 살짝 가라앉기는 했지만 어쨌든 추진력을 얻어 다시 10여 미터를 더 갈 수 있었다.

그야말로 절정을 넘어선 신법이었다.

우건은 기암괴석이 자리한 해변까지 거의 수십 미터에 달하는 거리를 바닥에 착지하는 일 없이 단숨에 주파해버렸다.

기둥처럼 솟은 기암괴석 꼭대기에 착지한 우건은 물기 때문에 미끄러지지 않게 조심하며 중심을 잡았는데 천근추로 튀어나가려는 관성을 제어한 다음에야 완전히 멈출 수 있었다.

밑으로 내려온 우건은 갈고리를 달아둔 로프 끝을 빙빙 돌리다가 일행이 대기 중인 보트 선창을 향해 전력으로 던졌다.

내력이 실린 로프가 **빨랫줄처럼** 허공을 순식간에 갈랐다. 곧 선창에 있던 최욱이 로프를 잡은 듯 줄이 팽팽해져 왔다.

잠시 후, 신법이 가장 떨어지는 김철부터 남영준, 김동, 김은이 우건이 던진 로프를 이용해 차례대로 해안에 도착했다.

마지막으로 최욱이 로프 위에서 뛰어내리며 전음을 보냈다.

-갈고리 끝을 보트에 단단히 묶어두었습니다.

고개를 끄덕인 우건은 손에 쥔 로프 반대편 끝을 그가 내려선 바위에 감아 보트가 물살에 떠내려가지 않게 조치했다.

해안에 상륙한 일행은 신법을 펼쳐 섬 중앙으로 이동했다. 일행의 선두를 맡은 우건은 선령안과 귀혼청을 펼친 상태에서 틈틈이 기파를 내보내 숨어 있는 적이 있는지 확인했다.

한데 섬은 이상하리만치 조용했다.

걸음을 멈춘 우건은 주위를 둘러보았다.

녹수도란 이름에 걸맞게 해송(海松)이 **빽빽하게** 자라 있었다.

그때였다.

나무에 올라가 주변을 정찰하던 남영준이 내려와 보고했다.

"1시 방향에서 검은 연기가 올라오는 모습을 봤습니다."

일행은 남영준이 봤다는 연기를 쫓아 신법을 펼치기 시작했다.

숲 속을 100여 미터가량 주파했을 때였다.

제법 큰 절벽 하나가 병풍처럼 일행 앞을 막아섰다. 한데 그 절벽 너머에서 남영준이 봤다는 연기가 올라오는 중이었다.

우건은 비응보를 펼쳐 절벽 꼭대기로 올라갔다.

꼭대기에선 만(灣)처럼 생긴 서쪽 해안을 조망하는 게 가능했는데 검은 연기는 해안 근처의 산에서 올라오는 중이었다.

일행은 누가 먼저랄 거 없이 서쪽 해안으로 달려 내려갔다. 서쪽 해안에 도착한 우건 일행을 가장 먼저 반긴 것은 모래사장에 찍혀 있는 수십 개의 희미한 발자국이었다.

발자국을 조사한 김은이 남동쪽을 가리켰다.

"30여 명이 서쪽해안을 따라 남동쪽으로 이동한 것 같습니다. 또, 발자국 넓이와 깊이로 봐선 모두 무공을 익혔습니다."

김은은 사부 원공후에게 적이 남긴 흔적을 조사해 정보를 알아내는 추적술을 배웠다. 그의 정보라면 신뢰할 수 있었다.

김철이 침을 꿀꺽 삼키며 긴장한 목소리로 말했다.

"우리보다 먼저 이 섬을 찾은 선객(先客)이 있었단 말이군요."

남영준이 어두운 표정으로 일행에게 물었다.

"누굴까요?"

우건은 다시 일보능천으로 달려가며 그의 질문에 대답했다.

"가보면 알겠지."

우건은 몸을 날리는 틈틈이 선령안으로 흔적을 조사했다. 김은처럼 추적술을 정식으로 배우지는 못했지만 찍혀있는 발자국의 형태와 방향 등을 통해 상당한 실력을 가진 고수들이 백사장 위로 올라갔다는 사실을 알아낼 수가 있었다.

우건은 발자국을 따라 백사장 위로 올라갔다.

백사장 위에는 관목이 허리까지 자란 풀숲이 완만한 경사를 따라 언덕 정상까지 이어져 있었다. 그리고 풀숲이 끝나는 지점, 즉 언덕 정상에서 일행이 본 검은 연기가 올라왔다.

일행은 풀숲에 숨어 있을지 모르는 적을 조심하며 이동했다.

추적술을 배운 김은이 선두에 서서 일행을 인도했는데 풀숲 속으로 100미터를 들어왔을 때, 갑자기 주먹을 쥐어 보였다.

수상한 점이 있다는 수신호였다.

우건은 앞으로 달려가 김은에게 전음으로 물었다.

-뭔가?

김은이 손으로 1미터 앞에 있는 풀밭을 가리켰다.

-여기서 흔적이 끊어졌습니다.

-흔적이 끊어진 이유가 뭘 것 같은가?

-그들이 새가 아닌 이상, 흔적이 끊긴 이유는 하나밖에 없습니다. 근처에 지하로 내려가는 출입구가 있는 게 분명합니다.

김은의 말을 들은 우건은 선령안으로 풀밭을 관찰했다. 과연 그의 말대로 출입구가 교묘한 형태로 풀밭에 숨겨져 있었다.

사부 천선자에게서 기관진식의 기초를 약간 배운 우건은 어렵지 않게 지하로 내려가는 입구를 발견하는 데 성공했다.

우건은 바로 입구를 여는 데 쓰는 장치를 눌렀다.

끼이익!

두꺼운 철판 하나가 쇳소리와 비슷한 기계음을 내며 안으로 서서히 말려 들어갔다. 문 역할을 하는 철판을 정교하게 위장해놓은 탓에 주변에 있는 풀밭과 전혀 구별이 되지 않았다.

우건은 밑으로 이어진 계단을 따라 천천히 걸음을 옮겼다. 최욱, 김은 등은 주변을 경계하며 그런 우건의 뒤를 쫓아갔다.

계단을 30개쯤 내려왔을 무렵.

역한 피 냄새가 코를 훅 찔렀다.

일행은 내력을 끌어올린 상태에서 계단 끝에 있는 복도로 향했다. 그러나 복도 앞에서는 걸음을 멈출 수밖에 없었다.

머리가 잘려 나가거나, 배가 찢어져 내장이 쏟아진 참혹한 형태의 시신이 복도 여기저기에 어지럽게 널려 있었던 것이다.

2장. 전말(顚末)

　우건 일행은 복도 여기저기에 널린 시체와 핏자국을 밟지 않게 조심하며 안으로 들어갔다. 시체가 널린 복도를 100여 미터쯤 걸어갔을 때였다. 원형 광장이 일행 앞에 나타났다.

　지름이 50미터에 이를 정도로 엄청나게 큰 광장이었다. 가운데에는 화강암으로 제작한 직사각형 연단이 세워져 있었다.

　복도에서 시작한 싸움이 광장까지 이어진 듯했다. 복도보다 많은 시체와 핏자국이 광장을 전쟁터처럼 보이게 만들었다.

그뿐만이 아니었다.

콘크리트로 만든 벽과 바닥, 심지언 천장에까지 무공으로 만든 게 분명한 흔적이 잔뜩 나 있었다. 벽에는 칼과 검처럼 날카로운 흉기로 만든 흔적이 역력했으며 대리석으로 만든 바닥에는 장력으로 만든 거미줄과 같은 균열이 나 있었다.

그때, 광장 반대편을 조사하던 남영준이 고함을 질렀다.

"보십시오! 광장으로 들어오는 입구가 더 있습니다!"

남영준의 말대로였다.

광장과 이어진 출입구가 북쪽에 하나, 남쪽에 하나, 서쪽에 하나씩 뚫려 있었다. 그 세 개에 그들이 들어온 동쪽 출입구를 더하면 광장과 이어진 출입구가 총 네 개인 셈이었다.

"저희들이 가서 살펴보겠습니다."

눈치 빠른 김은이 동생들을 인솔해 다른 출입구를 살펴보러 떠났다. 우건과 최욱은 그사이 원형광장 안을 돌아다니며 죽어 있는 시체의 정체와 그들을 죽인 수법을 알아보았다.

최욱은 유성이 떨어진 것처럼 움푹 파인 바닥을 보며 물었다.

─누군가가 장력으로 이렇게 만든 걸까요?

우건은 고개를 끄덕였다.

-그런 것 같소.

최욱이 탄성을 내질렀다.

-이런 단단한 재질의 바닥에 이런 크기의 구멍을 뚫을 수 있는 장력을 보유한 고수라면 만만치 않은 실력자이겠군요.

움푹 파인 바닥만이 아니었다.

검과 도, 그리고 수공과 권법으로 만들어낸 다른 흔적들 역시 절정에 이른 고수가 아니면 만들어내기 힘든 흔적이었다.

그들이 잠입한 이 녹수도가 김동의 말대로 독령단 자양문의 본거지가 맞다면 엄청난 실력자가 자양문을 습격한 것이다.

최욱은 근처에 있는 시체 하나를 뒤져보았다.

독을 바른 암기와 해독제가 든 약병이 우수수 쏟아져 나왔다.

암기와 약병을 살펴보던 최욱이 고개를 돌리며 물었다.

-자양문 문도일까요?

-확신은 금물이지만 지금은 그럴 가능성이 높아보이오.

그 말을 들은 최욱이 광장 내부를 다시 둘러보았다.

방금 뒤진 시체와 동일한 복장을 한 시체가 수십여 구에 달했다. 즉, 광장에는 자양문 문도의 시체만 있다는 뜻이었다.

그때였다.

다른 출입구를 조사하러 간 제자들이 속속 돌아왔다.

김은이 대표로 그들이 알아낸 정보를 보고했다.

"남쪽과 서쪽 출입구는 저희가 들어온 동쪽처럼 외부와 이어진 통로였는데 남쪽은 해안, 서쪽은 산과 이어져 있었습니다."

우건이 고개를 끄덕이며 물었다.

"통로의 상태는 어떻던가?"

"우리가 들어온 동쪽 출입구의 통로처럼 그곳들 역시 시체와 핏자국, 독을 묻힌 암기 등이 이리저리 널려 있었습니다."

"그렇다는 말은 자양문을 습격한 정체불명의 적이 동쪽, 남쪽, 서쪽 세 방향에서 일제히 안으로 쳐들어왔다는 말이로군."

"그렇습니다."

우건은 북쪽 출입구로 시선을 돌리며 넌지시 물었다.

"북쪽은 어떻던가?"

김은은 부끄러운 듯 고개를 숙이며 대답했다.

"북쪽 출입구에는 독공이 펼쳐져 있어 들어가 보지 못했습니다. 사부님이 제련한 독단을 복용한 상태에서 돌파해 보려 했지만 독기가 워낙 강해 들어갈 엄두가 나지 않았습니다."

"그쪽으로 가보세."

우건은 일행과 함께 북쪽 출입구로 향했다.

김은 말대로 북쪽 출입구 통로에는 지독한 독공이 펼쳐져 있었다. 독공을 펼친 지 얼마 지나지 않은 듯 독기가 그대로 뭉쳐 있어 웬만한 고수가 아니면 들어갈 엄두가 나지 않았다.

"먼저 통로를 막은 독기부터 없애야겠네."

우건은 일행을 멀찍이 떨어트려놓은 다음, 태을진천뢰를 펼쳤다.

크르릉!

은은한 뇌성이 자장가처럼 귓가를 간지럽히는 순간, 통로에 뭉쳐 있던 독기가 매캐한 악취를 풍기며 자취를 감추었다.

독중독(獨中毒)이라 불리는 천독(天毒)이나, 무형멸절독(無形滅絕毒)과 같은 극독이 아니면 태을진천뢰가 만들어낸 강력한 열기에 저항할 수 있는 독은 세상에 존재하지 않았다.

북쪽 출입구로 진입한 일행은 곧 시체 두 구와 맞닥뜨렸다.

한데 지금까지 본 시체들과는 확연히 달랐다.

이번 시체는 독에 당해 녹은 시체였다.

남아 있는 거라곤 검은색으로 보이는 옷 약간과 부글부

글 끓으며 타들어가는 손톱, 머리카락 등이 전부였다. 그 외에는 전부 녹색 빛이 일렁이는 극독에 당해 녹아버린 상태였다.

크르릉!

우건은 태을진천뢰로 근처의 독기를 깨끗이 날려버린 다음, 형체조차 남기지 못한 채 죽은 시체를 조사하기 시작했다.

"우선 지금까지 보아왔던 시체들과는 옷 색깔에 차이가 있군."

우건의 말에 다들 고개를 끄덕였다.

그들이 지금까지 본 시체들은 짙은 녹색에 가까운 무복을 걸쳤다. 한데 지금 본 시체는 검은색 옷을 착용한 상태였다.

그렇다는 말은 짙은 녹색 무복을 걸친 시체들이 독령단 자양문 소속 문도가 맞다면 검은색 옷을 걸친 이 시체는 자양문을 습격한 흉수 중 하나일 가능성이 아주 높다는 뜻이었다.

지금까지 당하기만 하던 자양문이 마침내 반격을 가한 것이다.

우건은 표풍장을 발출해 시체를 옆으로 치웠다.

그 순간, 사람 형태처럼 녹아 있는 바닥이 드러났다.

"대단한 독장(獨掌)이군."

41

독의 위력에 크게 놀란 듯 김철이 몸을 부들부들 떨며 물었다.

"자양문을 습격한 일당 중 하나일까요?"

"그런 것 같네."

"자양문 역시 흉수에게 그냥 당하지만은 않았군요."

일행은 앞을 가로막은 독기를 제거하며 계속 전진했다.

통로 중간부터는 자양문 문도로 보이는 시신과 독에 당해 녹은 시신이 번갈아 나타났다. 자양문 문도들은 검과 장력에 의해 죽은 반면, 자양문 고수가 하독한 독에 의해 죽은 시신들은 누런 액체로 변해 시신이라 부르기조차 민망했다.

"슬슬 끝이 보이는 것 같습니다."

남영준의 말에 일행의 시선이 통로 끝으로 향했다. 그의 말대로 10여 미터 밖에서 은은한 달빛이 새어 들어오는 중이었다.

일행은 속도를 높여 통로 끝에 이르렀다.

그 순간, 누구 하나 할 것 없이 벌린 입을 쉽게 다물지 못했다. 그들 앞에 쉽게 믿기 힘든 광경이 펼쳐져 있었던 것이다.

지름이 수 킬로미터에 달할 것 같은 원형 공간에 양귀비와 같은 각종 독초와 약초가 군락(群落)을 이루며 자라 있었다.

우건은 고개를 들어 천장을 보았다.

천장은 마치 야구장처럼 개폐식 돔의 형태로 이루어져 있었다.

지금은 천장이 반쯤 열려 있었지만 원할 때는 완전히 개방해 햇빛이 원형 공간 안으로 들어올 수 있게 만들어둔 것이다.

일행이 보았던 달빛은 천장을 통해 들어온 빛이었다.

그때, 김동이 출입구 옆에 있는 벽으로 걸어갔다.

벽에는 컴퓨터처럼 생긴 전자장비가 달려 있었는데 약초보다는 전자장비에 관심이 많은 김동의 호기심을 끈 모양이었다.

장비를 살피던 김동이 감탄한 얼굴로 연신 탄성을 쏟아냈다.

"정말 대단하군."

호기심이 인 남영준이 김동에게 물었다.

"뭐가 그렇게 대단합니까?"

"이건 최첨단 관리시스템이야. 여기 있는 이 컴퓨터를 이용해 온도, 습도, 광량(光量), 심지어는 독초와 약초에 공급하는 수분의 양까지 손쉽게 조절할 수 있게 만들어져 있어. 이 시스템을 구축하는 데 최소 수백억 원은 필요했을 거야."

그러나 김동은 그가 좋아하는 전자 장비를 계속 살펴보지 못했다. 흔적을 발견한 우건 등이 온실 밑으로 내려간 것이다.

아쉬움에 입맛을 다시던 김동은 얼른 일행의 뒤를 쫓아갔다.

한편, 우건 등은 양귀비 밭 사이에 난 발자국을 쫓아 온실 반대편으로 몸을 날렸다. 그렇게 수백 미터를 달렸을 때였다. 온실 중앙에 있는 3층짜리 건물이 일행 앞에 나타났다.

한데 누가 건물에 불을 지른 듯했다.

건물 옥상에서 시커먼 연기가 올라왔다.

김은이 이제야 알겠다는 듯 고개를 끄덕였다.

"저희들이 밖에서 보았던 검은 연기가 여기서 나는 거였군요."

건물이 최후의 결전을 치른 장소인 듯했다.

건물 주위에 시체 수십 구가 어지럽게 널려 있었다.

그중 가장 큰 격전이 벌어진 곳은 불에 탄 건물 입구였다.

입구 앞에 백발이 성성한 노인이 무릎을 꿇은 자세로 앉아 있었다. 노인 손에는 독을 묻힌 암기가 있었는데 당장 적을 향해 날아갈 것처럼 여전히 날카로운 예기(銳氣)를 발했다.

또, 노인의 백회혈 위에서는 통로를 지나올 때 잠깐 본

적 있는 녹색 독기가 수증기처럼 천천히 뿜어져 나오는 중
이었다.

남영준이 깜짝 놀라 소리쳤다.

"살아 있는 건가요?"

우건은 고개를 저었다.

"그는 이미 죽었네. 노인의 가슴을 잘 보게."

남영준은 시키는 대로 안력을 집중해 노인의 가슴을 살
폈다.

과연 노인의 심장 부위에는 손가락 세 개로 도장을 찍어
놓은 것 같은 상처가 선명히 나 있었다. 상처가 꽤 깊은 점
을 봐서는 손가락이 뼈를 관통한 다음에 심장까지 찢은 듯
했다.

김철이 노인의 정수리에서 올라오는 녹색 독기를 보며
물었다.

"그럼 지금 죽은 사람이 독기를 계속 뿜어내는 중이란
건가요?"

우건은 중원을 행도할 때, 운 좋게 이런 광경을 한 차례
목격한 경험이 있어 김철의 질문에 바로 대답해 줄 수가 있
었다.

"저 노인이 평생 연마한 독공의 독기가 밖으로 빠져나오
는 중이네. 사람이 죽을 때 근육이 풀리며 대소변을 쏟아내
는 것처럼, 독공을 극성으로 연마한 독인(毒人)은 죽을 때

자기가 익힌 독기를 쏟아내는 법일세. 지금까지 흘러나온 단 말은 살아 있을 때 독공을 극한까지 익혔다는 뜻일 것이네."

김동이 고개를 끄덕였다.

"그럼 저자가 독령단 단주 독령마(毒靈魔) 이정옥(李正玉)이거나, 자양문 문주 산약노인(山藥老人) 정규(政揆)겠군요."

김동은 등선문 인트라넷을 해킹한 자료를 분석해 독령단의 조직체계를 밝혀냈기에 단주와 문주의 이름을 알 수 있었다.

우건은 고개를 끄덕였다.

"그가 독령마 이정옥인 것 같군."

김은이 물었다.

"그럼 자양문 문주 산약노인 정규는 어디에 있을까요?"

우건이 이정옥과 3미터 떨어진 지점에 있는 대머리 노인의 시체를 가리켰다. 대머리 노인은 손에 검은빛이 도는 호미와 곡괭이가 들려 있었는데 약초를 캘 때 쓰는 도구인 듯했다.

"저 노인이 아마 산약노인 정규일걸세."

대답한 우건은 주변을 둘러보았다.

이정옥과 정규 주변에 같은 복장을 한 중년 사내 십여 명이 죽어 있었다. 이정옥이 직접 부린다는 독령대처럼 보였다.

독령대는 주인인 이정옥과 정규를 지키기 위해 적과 맞서다가 결국 전멸한 것처럼 보였다. 그야말로 독령단 전체가 정체불명의 적에게 습격당해 전멸을 면치 못한 상황이었다.

한편, 그 왼편엔 처음 보는 복장을 한 사람들이 죽어 있었다.

그들은 독령단과 달리 복장이 중구난방이었는데 나잇대 역시 20대 후반부터 백발이 성성한 노인까지 다양했다. 또, 독령단과 달리 독공을 사용한 흔적을 전혀 발견할 수 없었다.

김은이 그들을 가리키며 물었다.

"저들이 독령단을 습격한 장본인들일까요?"

우건은 고개를 저었다.

"그런 것 같진 않네."

"그럼 독령단과 같은 제천회 소속 고수들이란 말씀이십니까?"

"독령단이 제천회에 지원을 요청했다면 독령단 소속이 아닌 고수들이 녹수도에 있는 게 그리 이상한 일은 아닐 것이네."

일행 중 머리가 가장 잘 돌아가는 김동이 고개를 끄덕였다.

"홍살문과 자양문이 습격당했단 소식을 접한 독령마 이

정옥과 산약노인 정규가 제천회 본단에 지원을 요청했을지 모른단 뜻이군요. 정말 그렇다면 저들은 본단의 명에 따라 우리를 상대하기 위해 녹수도에 왔을 겁니다. 물론, 우리가 도착하기 전에 다른 조직에서 온 흉수에게 다 당한 것 같지만요."

일행은 자연스럽게 독령단과 제천회 본단에서 온 고수들을 살해한 자들의 흔적을 찾기 시작했다. 건물 바깥쪽을 중심으로 흉수가 남긴 흔적을 발견할 수 있었는데 그들 역시 적지 않은 피해를 입은 듯 피와 살점이 어지럽게 널려 있었다.

조사를 마친 김은이 가장 먼저 결론을 내렸다.

"놈들이 서로 동귀어진한 셈이군요."

김철이 큰형의 결론에 의문을 제기했다.

"동귀어진했으면 응당 흉수의 시신도 있어야 하는 게 아닙니까?"

김은은 고개를 저었다.

"제천회 쪽은 완전히 전멸했지만 저쪽은 그래도 살아남은 사람들이 있어서 부상자와 시신을 수습해갔을 확률이 높아."

잠시 후, 일행은 흩어져 살아 있는 사람을 찾아보았다.

우건은 건물 뒷마당 쪽을 살피다가 핏자국 위로 사람이 기어간 것 같은 흔적을 찾았다. 우건은 즉시 사람들을 불렀다.

추적술을 연마한 김은이 흔적을 살피다가 고개를 끄덕였다.

"2, 30분 전에 기어간 흔적입니다."

2, 30분 전이라면 아직 살아 있을 가능성이 있었다.

내력을 끌어올린 일행은 혹시 있을지 모를 기습에 대비하며 흔적을 쫓아 이동했다. 10여 미터 높이로 자란 야자수 사이를 통과했을 때, 꽤 깊은 시내가 나왔다. 물이 어찌나 맑은지 1미터 깊이에 있는 모래와 자갈이 선명하게 보였다.

우건은 고개를 끄덕였다.

영초나, 독초를 기르기 위해서는 물이 중요했다.

영초는 햇빛을, 독초는 그늘을 더 좋아하긴 하지만 영양이 풍부한 깨끗한 물을 필요로 한단 점에서는 별 차이가 없었다.

일행은 신법을 펼쳐 시내를 가볍게 뛰어넘었다.

시내 뒤에는 풀밭이 있었다.

그리고 그 풀밭 위로 누군가가 기어간 듯 풀이 누워 있었다.

김은이 꺾인 풀을 뜯어 자세히 살펴보았다.

"수액이 마르지 않은 점을 봐선 얼마 지나지 않은 듯합니다."

일행은 기어간 흔적을 따라 10여 미터쯤 걸어갔을 때였다. 일행 앞에 5, 6미터 높이로 보이는 단단한 돌담이 나타났다.

"누군가 있습니다!"

소리친 남영준이 손가락으로 돌담 왼쪽 아래를 급히 가리켰다.

남영준 말대로 60대로 보이는 노인 하나가 돌담에 등을 기댄 채 거친 숨을 몰아쉬는 중이었다. 상의 여기저기에 굳은 피가 잔뜩 엉겨붙어 있는 점을 봐선 꽤 중상을 입은 듯했다.

사실 기파를 퍼트리며 전진한 우건은 남영준보다 한발 앞서 노인의 존재를 알아챘다. 다만, 혹시 함정일지 몰라 신중을 기했을 따름이었다. 우건은 기파를 퍼트려 주위에 다른 사람이 있는지 확인한 다음에야 노인 쪽으로 걸음을 옮겼다.

노인은 이미 인사불성상태였다.

서둘러 치료하지 않으면 1, 2분을 넘기기 어려워보였다.

우건은 노인의 명문혈에 내력을 주입했다.

천지조화인심공으로 연성한 내력은 과연 그 효력이 대단해 거의 죽어가던 노인의 얼굴에 생기가 잠시 돌게 만들었다.

눈을 게슴츠레하게 뜬 노인이 힘없는 목소리로 물었다.

"누, 누군가? 내, 내 눈이 멀어 잘, 잘 보이지가 않네."

눈은 떴지만 사람을 알아보지는 못하는 모양이었다.

우건 일행이 뭐라 대답해야 할지 몰라 잠시 멈칫거릴 때였다.

눈치 빠른 김동이 노인 옆에 앉아 그의 팔을 잡으며 대답했다.

"도와주러 온 사람들입니다. 대체 무슨 일이 일어난 겁니까?"

일행은 김동의 재치에 다시 한 번 감탄했다.

그들은 이 죽어가는 노인의 정체를 아직 몰랐다.

지금까지 드러난 정황으로 예상해봤을 때, 노인은 제천회가 보낸 고수일 확률과 독령단을 제거할 목적으로 녹수도에 잠입한 정체불명의 조직에 속한 고수일 확률이 반반이었다.

그런 상황에서 제천회가 보낸 사람이라 말했는데 정작 노인은 정체를 알 수 없는 조직 소속이라면 일이 틀어지는 것이다.

김동을 의심한 노인은 그들이 원하는 정보를 주지 않을 것이다.

그 반대 역시 마찬가지였다.

김동은 이런 딜레마를 피하기 위해 소속을 밝히지 않았다. 대신 지원요청을 받아 서둘러 달려온 것처럼 노인을 속였다.

평상시면 노인과 같은 고수가 김동의 유치한 속임수에 넘어가지 않았을 테지만 지금은 죽어가는 중이었다. 그런 상황에서 평상시처럼 냉정하게 판단하기란 쉽지 않은 법이었다.

김동의 말을 들은 노인의 얼굴에 화색이 감돌았다.

"회, 회에서 나온 건가?"

"그렇습니다. 대체 여기서 무슨 일이 있었던 겁니까?"

노인은 떨리는 목소리로 그간의 사정을 설명했다.

노인의 정체는 제천회 본단 주력인 삼당 중에 전귀당(戰鬼黨)의 부당주인 일장진천(一掌振天) 당조형(唐調形)이었다.

제천회는 크게 삼당과 칠성좌로 나뉘어 있었다.

삼당이 제천회의 무력을 담당한다면 칠성좌는 자금원을 담당하는 조직이었다. 우건이 지금까지 상대해 본 칠성좌로는 천권좌를 맡은 망인단과 요광좌를 맡은 범천단이 있었다. 그리고 삼당에선 유일하게 음월당을 상대해 본 경험이 있었다.

최민섭이 대통령 후보로 출마했을 때, 이를 못마땅하게 여긴 제천회가 음월당 고수를 보내 최민섭의 암살을 시도한 적이 있었다. 당시 냉미화 당혜란의 주선으로 최민섭의 경호를 책임졌던 우건은 음월당의 암살시도를 가까스로 막아냈다.

물론, 음월당 당주 거령신곤 진태는 우건의 손에 목숨을 잃었다.

그 음월당에 이어 삼당 중 하나인 전귀당이 베일을 벗는 순간이었다. 의식이 또렷하지 못한 당조형은 횡설수설

했지만 우건 일행은 그 속에서 사건의 전말을 파악할 수
있었다.

결론부터 말하자면 이들은 때와 장소를 잘못 고른 셈이
었다.

우건의 예측대로 건물 입구에 죽어 있던 두 노인은 독령
단의 단주 독령마 이정옥과 자양문의 문주 산약노인 정규
였다.

그 두 사람은 오늘 새벽 정체를 알 수 없는 적이 침입해
홍살문의 문주 녹안마군 추인경과 등선문 문주 회회도 안
태권이 죽었다는 소식을 접했다.

갑작스러운 변고에 심상치 않은 느낌을 받은 두 사람은
제천회 본단에 연락해 지원 병력을 서둘러 요청하는 한편,
자양문이 위치한 녹수도에서 적을 맞이할 준비를 착착 진
행했다.

그들이 준비를 막 마쳤을 때였다. 30여 명에 이르는 적
이 녹수도에 상륙했다. 그들은 적이 어젯밤과 오늘 새벽에
홍살문, 등선문에 침입한 적이라 생각해 바로 요격에 들어
갔다.

한데 적의 실력이 예상을 훨씬 뛰어넘었다.

자양문은 적에 비해 거의 세 배가 넘는 병력을 보유했지
만 적의 돌파를 막지 못해 자양문 본문에까지 적이 밀어닥
쳤다.

적의 기세가 대단한 것을 본 이정옥과 정규는 방법을 바꿨다.

제천회 본단 지원군이 도착하길 기다리며 방어에 전념하기로 한 것이다. 한데 더 큰 문제가 그들을 기다리는 중이었다.

독령단 안에 첩자가 잠입해 있었던 것이다.

더구나 그 첩자가 지위가 높은 간부였던 탓에 외부인은 절대 발견하지 못할 거라 생각한 비밀통로 입구를 적이 알아냈다.

적은 자양문 본문과 이어진 입구 세 곳으로 동시에 들이닥쳐 자양문 문도들을 학살했다. 그리고 마침내 우건 일행이 지나친 적 있는 원형광장 내부에까지 적이 밀려들어 왔다.

이정옥과 정규는 하는 수 없이 독령단의 최강 전력이라할 수 있는 독령대까지 동원해 원형광장에서 적을 막을 수밖에 없었다. 그러나 적은 독령대까지 제압하며 파죽지세의 기세로 독령단을 몰아붙였다. 이에 위기감을 느낀 이정옥과 정규는 극독으로 입구를 봉쇄한 다음, 살아남은 문도들을 수습해 독령단에서 가장 중요한 장소인 온실로 후퇴했다.

그러나 적은 이미 독에 대한 방비를 충분히 해둔 상태였다.

이정옥이 온실로 이어지는 입구에 펼쳐둔 극독을 단숨에 돌파해 온실까지 쫓아온 것이다. 결국, 절벽 끝까지 내몰린 이정옥과 정규가 옥쇄를 각오한 채 적에게 달려들 때였다.

제천회 본단이 보낸 지원군이 때맞춰 도착했다.

제천회는 이번 일을 아주 심각하게 받아들인 것이 틀림없었다.

제천회로서는 사실 그럴 수밖에 없었다.

망인단, 범천단, 음월당이 당한 상태에서 독령단까지 당하면 제천회가 가진 전력의 거의 반이 나가떨어지는 셈이었다.

제천회 본단은 전귀당 부당주인 일장진천 당조형을 필두로 전귀당 소속 무인 30명에 대외사자, 감찰, 호법 등을 더해 거의 50여 명에 이르는 대병력을 독령단에 지원해주었다.

당조형 등이 도착한 다음에는 그야말로 혼돈의 도가니였다.

본단이 보낸 고수들은 자양문 일반 문도와 차원이 다른 고수들이었다. 독령단 단원을 주살하며 전진하던 적들 역시 강력한 저항에 부딪친 다음에는 비명을 지르며 나가떨어졌다.

그러나 적에게는 엄청난 고수가 몇 명 끼어 있었다.

그들은 자양문 문주 산약노인 정규와 독령단주 독령마 이정옥을 차례차례 격살한 다음, 일장진천 당조형을 공격해왔다.

그때의 기억이 떠오른 듯 당조형이 몸을 부들부들 떨며 말했다.

"소, 손가락 세 개로 조법인지 수공인지 모를 이상한 무공을 쓰는 노, 놈은 정말 대단했어. 노, 놈의 일격에 절대 패, 패하지 않을 것처럼 보이던 그 도, 독령마까지 당했으니까."

우건은 당조형의 고백을 들으며 방금 전 보았던 광경을 떠올렸다. 독령마 이정옥으로 보이는 자의 심장에 손가락 세 개로 만든 상흔이 뚜렷하게 나 있었다. 당조형이 말하는 그 대단한 고수란 자가 이정옥의 가슴에 있던 상흔을 만든 듯했다.

우건은 당조형의 명문혈에 붙인 장심을 통해 내력을 계속 밀어 넣었다. 그사이, 김동은 당조형을 속여 가며 그에게서 제천회나 독령단을 습격한 흉수에 대한 정보를 빼내려 했다.

그러나 적에게 당한 부상이 워낙 중한 탓에 알아듣지 못할 말을 중얼거리던 당조형은 결국 고개를 꺾으며 숨을 거뒀다.

김은이 당조형의 시신을 내려다보며 우건에게 물었다.

"주공께서는 손가락 세 개로 펼치는 무공을 아십니까?"

"몇 가지 알지만 이 노인이 말한 무공과는 차이가 좀 있네. 아마 나보다는 자네의 사부인 쾌영문주가 더 잘 알 것이네."

김동이 휴대전화를 꺼내며 말했다.

"그럼 사부님이 알아보기 쉽도록 제가 사진을 찍어놓겠습니다."

온실 중앙 건물로 돌아온 일행은 계획을 다시 수정해야 했다.

그들의 목표였던 독령단이 정체를 알 수 없는 흉수에게 당한 상태라 그들이 이곳에서 할 수 있는 그다지 많지 않았다.

김은이 물었다.

"어떻게 하시겠습니까?"

"반을 나눠 움직이세. 반은 온실에 있는 식물을 없애고 나머지 반은 자양문을 뒤져 제천회에 관한 정보를 찾기로 하세."

"알겠습니다."

곧 최욱, 김동, 김철 세 명은 온실에 있는 양귀비와 흰독말풀, 디기탈리스 등과 같은 독초를 없애는 작업에 착수했다.

한데 넓이가 수 킬로미터에 달하는 온실을 가득 채운 독초를 일일이 없애는 데 며칠이 걸릴지 알 수 없는 노릇이었다.

다행히 그들에겐 머리가 잘 돌아가는 김동이 있었다.

김동은 독령마 이정옥이 가진 극독을 이용하자는 의견을 냈다. 독령마란 별호가 붙었을 정도면 그가 가진 극독 역시 지독할 게 틀림없었다. 최욱과 김철은 김동의 제안을 받아들였다. 곧 이정옥의 옷에서 독이 든 유리병을 몇 개 꺼냈다.

독을 하독(下毒)할 때, 중독될 위험이 있어 극도로 조심하며 유리병에 든 극독을 밭 사이에 흐르는 수로에 흘려보냈다.

김동이 온실을 제어하는 시스템을 조작하며 경고했다.

"독이 공기와 섞일 위험이 있습니다! 모두 밖으로 나오십시오!"

김동의 경고를 들은 일행이 온실 밖으로 막 나왔을 때였다.

김동이 온실 제어시스템을 조작해 스프링클러를 작동시켰다.

곧 독초를 키우는 밭 가운데서 파이프가 올라와 극독이 섞인 물을 사방으로 뿌려대기 시작했다. 계획은 대성공이었다.

극독이 섞인 물은 제초제와 진배없었다. 양귀비, 흰독말풀과 같은 독초의 잎이 누렇게 뜨며 순식간에 죽어갔던 것이다.

김동 등이 독초를 없앨 때, 우건, 김은, 남영준 세 명은 자양문 내부를 샅샅이 뒤졌다. 수색 중에 자양문이 가진 비급을 몇 개 찾아냈지만 기대한 제천회에 관한 정보는 없었다.

그때, 남영준이 호들갑을 떨며 소리쳤다.

"모두 이쪽으로 와보십시오!"

문서보관소에서 서류를 읽어보던 우건과 김은은 서로를 잠시 바라보다가 남영준의 목소리가 들린 방향으로 몸을 날렸다.

남영준이 자양문 문주의 처소를 뒤지다가 금고를 발견한 듯했다. 벽에 걸어둔 그림이 죄다 바닥에 떨어져 있었는데 그림이 걸려 있던 곳 중 하나에 강철로 만든 금고가 있었다.

공을 세운 남영준이 어깨를 으쓱거리며 물었다.

"놈들이 중요한 서류 같은 건 금고에 보관해 두지 않았을까요?"

우건이 남영준의 어깨를 두드렸다.

"잘했네."

금고 앞으로 걸어간 우건은 금고의 구조를 잠시 살펴보았다.

전자식이면 김동을 불러 해결하는 게 가장 빨랐다.

그러나 남영준이 발견한 금고는 옛날 방식으로 만든 아날로그 형태의 금고였다. 전문 금고털이범이 있어야 열 수 있었다.

원공후가 있었다면 숨 한 번 내쉬기 전에 열었을 테지만 그 제자인 김 씨 삼형제는 이런 아날로그 방식 금고에 취약한 면모를 드러냈다. 결국, 우건이 나설 수밖에 없단 뜻이었다.

우건은 김은과 남영준에게 뒤로 물러서라는 지시를 내린 다음, 양 손 장심으로 번갈아 파금장을 발출하기 시작했다.

태을진천뢰처럼 파금장 역시 그사이 일취월장한 상태였다.

펑펑펑!

상당히 두꺼워 보이던 강철 금고문이 전혀 맥을 추지 못했다.

파금장으로 금고 강도를 약하게 만든 우건은 청성검을 뽑았다.

격전을 예상해 가져온 청성검이었지만 생각지 못한 상황이 발생한 탓에 오늘 처음으로 바깥나들이를 하는 중이었다.

우건은 청성검의 긴 검 자루를 두 손으로 꽉 움켜쥔 다음, 머리 위로 높이 들어 올렸다가 전력을 다해 밑으로 내리쳤다.

옆에서 보면 마치 칼로 펼치는 도초(刀招)와 비슷해 보였지만 엄연히 천지검법의 기본 초식 중에 하나인 일검단해였다.

쉬이익!

청성검의 검봉에서 튀어나온 새파란 검기가 자양문 문주 처소를 새파랗게 물들였다. 김은과 남영준이 급히 손으로 눈을 가렸을 땐 이미 처소를 물들인 청광이 사라진 후였다.

쿠웅!

검기에 베여 잘려 나간 금고 문이 바닥에 떨어지는 순간, 종을 치는 것 같은 굉음이 메아리처럼 윙윙 울리며 퍼져 나갔다.

우건은 문이 잘려 나간 금고 앞으로 걸어가 안을 들여다보았다.

그러나 금고 안 역시 제천회에 관한 정보는 들어 있지 않았다.

대신, 금괴 수백 킬로와 100달러 지폐뭉치가 가득 들어 있었다.

독초를 없앤 최욱 등이 소리를 쫓아 달려왔다가 금고의 내용물을 본 다음엔 벌린 입을 다물지 못했다. 최소 수백억을 상회할 듯한 금과 지폐가 사람 키만 한 금고를 가득 채웠다.

김은이 우건에게 조심스레 물었다.

"이건 어떻게 처리할까요?"

"제천회에 상납하는 돈인 모양인데 여기 놔둘 순 없지."

"그럼 바로 옮겨두겠습니다."

일행은 서둘러 금과 지폐를 보트를 묶어놓은 해안으로 옮겼다.

금고 내부는 생각보다 더 넓었다. 일행 전체가 세 차례 왕복한 다음에야 금고에 든 금과 지폐를 전부 옮길 수가 있었다.

작업을 마친 일행은 불을 질러 자양문을 완전히 지워버렸다.

일을 마무리 지은 일행은 보트에 올라 녹수도를 떠났다.

제천회가 언제 들이닥칠지 모르는 일이었다. 독령단은 어쩔 수 없다 쳐도 독령단이 보유한 막대한 자금에는 미련을 버리기 어려울 것이다. 제천회는 지원 간 병력의 연락이 끊기는 순간, 후속부대를 준비해 파견할 가능성이 아주 높았다.

우건은 제천회 후속부대가 도착하기 전에 녹수도를 벗어나는 게 안전하다는 생각에 보트 조종을 맡은 김은에게 서두를 것을 지시했다. 김은은 지시대로 보트가 낼 수 있는 최고 속도로 모항이 위치한 목포를 향해 바람처럼 달려갔다.

우건은 그사이 선실에 들어가 최욱과 대화를 나눴다.

최욱이 먼저 물었다.

-짐작가시는 게 있습니까?

-독령단을 습격한 적의 정체 말이오?

-그렇습니다.

우건은 고개를 저었다.

-규정문주가 방금 나에게 한 질문은 오히려 내가 먼저 규정문주에게 물어보려 했던 질문이었소. 내가 알기로 한국에서 독령단과 제천회 본단이 보낸 지원 병력을 상대로 이길 수 있는 조직은 구룡문이 유일하오. 예전이라면 특무대를 의심해볼 수 있었겠지만 아시다시피 지금의 특무대는 그런 전력을 갖추지 못한 상태요. 구룡문일 가능성은 정말 없소?

최욱은 곰곰이 생각하다가 이내 고개를 저었다.

-사실을 먼저 말씀드리자면 저 역시 주공과 같은 의심을 한 적이 잠시 있었습니다. 특무대가 저런 상태라면 이런 엄청난 일을 벌일 조직은 구룡문밖에 없을 테니까요. 그런 이유로 정체불명의 흉수에게 당한 시신을 자세히 살펴봤는데 제가 아는 무공에 당한 시신을 발견하지 못했습니다.

-그 말은 이번 일은 구룡문의 짓이 아니란 거요?

-그렇습니다.

우건은 머릿속의 생각을 잠시 정리하다가 급히 물었다.

-대정회라면 어떻소?

최욱이 눈을 동그랗게 뜨며 되물었다.

-검귀 소우가 끌어들인 대정회 말입니까?

구룡문이 특무대에 잠입시킨 첩자였던 최욱은 우건에게 패한 다음에 무정도 고월의 생사를 알아볼 목적으로 제주에 있는 구룡문을 찾아갔다. 한데 무정도 고월의 생사보다 더 중요한 일이 그를 기다리고 있었다. 구룡문이 찢어진 것이다.

구룡문은 원래 중원무림에서 건너온 검귀 소우, 패천도 강익, 무령신녀 천혜옥 세 명이 협력해 설립한 문파였는데 세 명 사이에 이견이 생겨 세 개의 파벌로 찢어져 버린 것이다.

세 파벌 중에 실력과 세력이 제일 떨어지는 무령신녀 천혜옥이 가장 먼저 구룡문을 떠나버리는 바람에 구룡문 내부 분쟁은 검귀 소우와 패천도 강익의 양자대결로 바뀌었다.

한데 그때, 검귀 소우가 일본을 장악한 대정회를 은밀히 불러들인 다음, 패천도 강익의 파벌을 기습하는 사건이 벌어졌다.

결국 패천도 강익을 무릎 꿇리는 데 성공한 소우는 제천회, 특무대가 장악한 현대무림에 진출을 꾀하는 중이었다.

한데 중원무림에 있다가 이곳으로 넘어온 고수들 중 일부가 일본에 건너가 세운 대정회는 최욱이 잘 모르는 조직이었다.

만약, 이번 일이 대정회 짓이라면 최욱이 시신의 상흔에서 그가 아는 무공의 흔적을 찾지 못하는 게 어쩌면 당연했다.

생각을 정리한 최욱은 이내 고개를 끄덕였다.

-지금 생각해보니 주공 말씀대로 대정회가 수상하기는 합니다.

그러나 우건은 옆을 보지 못하는 경주마처럼 다른 가능성을 배제한 채 대정회를 흉수로 몰아가는 우를 범하진 않았다.

-아직 확실하진 않소. 어쨌든 서울에 돌아가는 대로 이런 일에 지식이 해박한 쾌영문주에게 의견을 물어보는 게 좋겠소.

목포에 도착한 일행은 날이 어두워지기를 기다리다가 트럭을 구해 금과 지폐다발을 옮겨 실은 다음, 서울로 출발했다.

3장. 조언(助言)

　서울에 도착한 우건은 바로 원공후를 찾아가 녹수도에서 있었던 일을 이야기하며 뭔가 짚이는 게 있는지 물어보았다.

　"세 손가락으로 펼치는 무공이라⋯⋯."

　미간을 잔뜩 찌푸린 원공후는 기억 속에서 뭔가를 열심히 떠올리려 애썼다. 한 일자(一字)로 굳게 다물어져 있던 원공후의 입이 마침내 열린 것은 그로부터 3분이 지났을 때였다.

　"방금 녹수도에서 독령단주 독령마 이정옥을 죽였다는 자가 세 손가락으로 펼치는 이상한 무공을 썼다고 하셨습니까?"

우건은 옆에 있던 김동에게 눈짓을 보냈다.

눈짓을 본 김동은 이정옥의 시신을 촬영한 사진을 보여주었다.

"이겁니다, 사부님."

원공후는 사진 속 이정옥의 모습을 유심히 살폈다.

"으음."

우건이 급히 물었다.

"뭔가 떠올랐소?"

"이건 아무래도 삼첨인(三尖印)같습니다."

"삼첨인?"

"그렇습니다. 중원 강남에서 다섯 손가락 안에 꼽히는 초절정고수인 불사귀조(不死鬼爪) 오온(吳溫)의 성명절기가 삼첨인입니다. 오온은 삼첨인으로 소림사 전대 고수인 중위대사(中爲大師)를 살해하며 악명을 사해에 떨친 자입니다. 한데 그 오온이 중위대사를 살해할 때 쓴 수법이 바로 이 삼첨인이었습니다. 손가락 세 개로 상대의 심장을 찢어 버리는 수법인데 사진에 나온 이정옥의 사인과 거의 일치합니다."

"오온은 태을양의미진진에 있던 자요?"

원공후는 바로 고개를 저었다.

"아닙니다. 불사귀조 오온은 강남에서 주로 활동한 탓에 강북에서 세력을 넓혀가던 제천회와는 접점이 전혀 없었습니다."

"오온이 키운 제자나, 오온과 사문이 같은 고수가 조광이 펼친 태을양의미진진에 갇혀 있었을 가능성은 어떻게 보시오?"

원공후는 재차 고개를 저었다.

"제가 알기로 오온은 호랑이와 같은 자였습니다. 늑대처럼 무리를 짓지 않고 독야청청(獨也靑靑)하길 좋아했으니까요. 아마 그 성격에 제자를 두기가 쉽지는 않았을 겁니다. 그리고 소문으로 들은 거지만 오온은 전대 고인이 살던 비동에서 삼첨인의 비급을 구했다고 합니다. 사문이랄 게 딱히 없었으니까 같은 사문을 가진 자의 짓 역시 아닐 겁니다."

잠시 생각한 원공후가 몇 마디를 덧붙였다.

"제천회 독령단의 단주면 꽤 고수일 텐데 그런 자를 삼첨인으로 죽일 수 있는 자는 제가 알기로 오온밖에 없습니다."

원공후는 오온이 이번 일의 흉수라 확신하는 듯했다.

원공후의 말대로 오온이 태을양의미진진에 갇혀 있다가 넘어온 고수가 아니라면 결론은 두 가지 중 하나일 수밖에 없었다.

하나는 삼첨인을 대성한 오온의 후인이 갑자기 등장해 독령단 단주 이정옥을 살해했다는 결론이었다. 그리고 다른 하나는 오온 본인이 태을양의미진진이 아닌 다른 방식으로 현대무림에 넘어와 독령단주 이정옥을 죽였다는 결론이었다.

우건은 전에 이런 고민을 한 차례 한 적 있었다.

당혜란의 급한 요청으로 청와대를 습격한 특무대 이곽연합을 막기 위해 청와대에 갔을 때였다. 우건은 특무대 제로팀에서 강자로 꼽히던 교오랑 황도진이란 자와 대결을 했었다.

한데 황도진은 위기에 처한 순간, 갑자기 손을 바꿔 화산파 독문검법을 펼쳤다. 나중에 일을 마치고 집으로 돌아가는 차 안에서 황도진의 일을 원공후에게 물어본 적이 있었다.

그때 원공후는 태을양의미진진에 갇혀 있던 100여 명의 고수 중에 화산파 독문검법을 익힌 고수는 없었다고 회상했다.

즉, 황도진은 태을양의미진진이 아닌 다른 방식으로 넘어온 고수일 가능성이 있었던 것이다. 한데 오늘 새벽에 독령마 이정옥을 죽인 삼첨인의 주인 역시 황도진처럼 태을양의미진진이 아닌 다른 방식으로 넘어왔을 가능성이 있었다.

한 번이면 우연일 수 있지만 두 번은 절대 우연이 아니었다.

우건이 모르는 무언가가 있는 것이다.

그러나 오온의 정체를 알아내기 전엔 그가 속한 조직의 정체 역시 알아낼 방법이 없는 탓에 더 이상의 진전은 없었다.

우건은 할 수 없는 일을 걱정하기보단 할 수 있는 일을 행동으로 옮기는 편이 낫단 주의여서 그 문제는 잠시 덮어두었다.

우건이 서울에 돌아와 두 번째로 한 일은 자양문에서 가져온 금과 지폐를 처리하는 일이었다. 금은 종로에서, 달러 지폐는 암달러상을 통해 처리해 210억이란 거금을 만들었다.

우건은 그중의 반을 어려운 이웃에게 익명으로 기부했다. 그리고 나머지 반은 수연의원, 쾌영문, 규정문 근처에 있는 땅과 건물을 사들였다. 이는 크게 보면 적에게서 수연의원 등을 보호하기 위한 조치였지만 작게 보면 쾌영문주 원공후와 수연의원 수간호사 정미경의 혼인과 관련이 있었다.

원공후는 제자들이 이미 배울 만큼 배워 독립을 시킬 때가 왔다는 생각을 막 하던 차에 정미경과 결혼을 하게 되었다.

정미경에게 제자들 뒷바라지까지 시킬 순 없다 생각한 원공후는 이번에 사들인 건물을 이용해 제자들을 분가시켰다.

제자들 역시 원공후의 결정을 두 팔 벌려 환영했다.

사부와 사모가 신혼살림을 차린 쾌영문에 계속 살기에는 눈치가 보였던 것이다. 정미경은 원공후와 제자들에게 그럴 필요 없다며 말렸지만 원공후의 결심을 되돌리지는 못했다.

제자들이 분가하고 며칠 지나지 않아 원공후와 정미경의 결혼식이 열렸다. 하객은 혼례 당사자에 해당하는 쾌영문의 식구들과 수원의원 식구들, 그리고 규정문 식구들이 거의 다였지만 우건이 본 가장 아름다운 결혼식 중에 하나였다.

제자들이 마련한 티켓으로 원공후와 정미경이 하와이 신혼여행을 떠난 다음 날, 우건은 규정문주 최욱을 찾아갔다.

최욱과 남영준 사제는 이른 아침부터 규정문 1층 연무장에 나와 철산벽 초식을 주고받으며 대련 중이었다. 김 씨 삼형제와 최아영은 원공후와 정미경이 혼인하기 전에 근처 빌라와 주택으로 분가한 반면에 사부 밑에서 수련한 기간이 상대적으로 짧은 남영준은 규정문에 계속 기거하는 중이었다.

우건을 발견한 최욱과 남영준이 달려와 인사했다.

"오셨습니까?"

"잠시 얘기할 시간이 있겠소?"

"물론입니다. 제 처소로 가시지요."

최욱은 즉시 자신이 쓰는 처소로 우건을 안내했다.

잠시 후, 우건은 최욱이 권한 의자에 앉아서 남영준이 차와 과일을 다 내올 때까지 철산벽을 주제로 대화를 나누었다.

"그럼 두 분이서 얘기 나누십시오."

우건은 남영준이 나가는 모습을 지켜보다가 최욱에게 물었다.

"그는 요즘 좀 어떻소?"

"성취가 아주 빠릅니다. 벌써 철산벽을 2성 경지까지 완성했는데, 올해가 가기 전에 3성은 무리 없이 돌파할 것 같습니다."

"다행이군."

우건은 차를 한 모금 마신 다음에 그를 찾아온 본론을 꺼냈다.

"구룡문과 연락할 방법이 있소?"

"어떤 구룡문 말씀이십니까?"

최욱은 검귀 소우가 이끄는 구룡문과 소우에게 밀려 도주한 무령신녀 천혜옥 일파 중 어떤 구룡문을 말하는지 되물었다.

우건은 지체 없이 대답했다.

"둘 다요."

"구룡문 본문은 원래 제주도 서귀포 근처에 있었습니다.

한국을 장악한 제천회와 특무대를 피하기 위한 고육지책이었지요. 지금이야 제주도가 엄청나게 발전했지만 3, 40년 전까지만 해도 제주도는 그리 눈에 띄지 않는 지역이었으니까요. 그런데 검귀 소우가 일본 대정회를 끌어들여 구룡문을 장악한 다음에는 본문을 다른 곳으로 옮긴 듯합니다. 보름쯤 전에 제주도를 몰래 찾아 구룡문 본문이 있던 장소를 뒤져봤는데 본문을 지키는 문도 몇 외에는 보지 못했습니다."

"검귀 소우가 장악한 구룡문은 소재가 모호하다는 뜻인거요?"

"그렇습니다."

"무령신녀 천혜옥 일파 쪽은 어떻소?"

최욱은 고개를 저었다.

"마찬가지입니다. 천혜옥 일파의 소식 역시 듣지 못했습니다."

"으음."

우건의 얼굴에 실망한 기색이 드러났을 때였다.

최욱이 갑자기 목소리를 낮춰 말했다.

"소재는 모르지만 연락할 방법까지 없는 것은 아닙니다."

우건이 반색하며 물었다.

"그렇소?"

"구룡문에 있을 때, 저는 천혜옥 일파와 친하게 지냈습니다. 그 덕에 연락처를 가지고 있는 사람이 그쪽에 몇 있습니다."

우건은 급히 물었다.

"그럼 내가 만나고 싶다고 전해 줄 수 있겠소?"

"그 전에 무슨 연유로 그러시는지 물어봐도 되겠습니까?"

우건은 그가 세운 계획을 최욱에게 알려주었다.

우건이 세운 계획을 듣는 동안, 최욱의 얼굴에 여러 가지 감정이 떠올랐다가 사라지기를 반복했다. 처음에는 놀란 표정이었다가 마지막에는 감탄하는 듯한 표정으로 바뀌었다.

최욱이 마침내 고개를 끄덕였다.

"알겠습니다. 바로 연락을 취해 보겠습니다."

그로부터 사흘이 지났을 때였다.

최욱이 수연의원을 찾아와 결과를 보고했다.

"방금 전, 그쪽에서 답장이 왔습니다."

우건이 자세를 고쳐 앉으며 물었다.

"그렇소?"

"하지만 선뜻 만나겠다는 대답은 하지 않았습니다. 아무래도 주공께서 그들을 만나려는 의도를 의심하는 것 같았습니다."

미간을 찌푸린 우건은 잠시 생각하다가 대답했다.

"그들에게 구룡문을 되찾아올 방법을 가르쳐준다고 해 보시오."

우건의 계획을 아는 최욱은 엷은 미소를 지었다.

"그들에게는 그보다 구미가 당기는 제안이 없겠군요."

최욱이 천혜옥 일파와 협상하는 동안, 우건은 다른 쪽을 준비하기 시작했다. 원래 손뼉은 마주쳐야 소리가 나는 법 이었다.

즉, 손뼉을 칠 다른 쪽 손을 미리 준비해 둬야 한다는 뜻 이었다.

우건은 쾌영문을 찾았다.

하와이로 신혼여행을 떠난 원공후와 정미경이 돌아오려 면 아직 멀었지만 김은 삼형제와 최아영, 임재민 등은 쾌영 문 대청에 모여 매일 수련에 임했다. 쾌영문의 대제자인 김 은은 깐깐하기 그지없었다. 그는 분가한 사제들이 아침 여 덟시까지 쾌영문 대청에 집결하지 않으면 사부를 대신해 엄히 꾸짖었다.

그리고 집결을 마친 후에는 쾌영문이 자랑하는 절기인 일목구엽심법과 묵애도법, 쾌영산화수, 분영은둔 등을 수 련했다.

우건이 쾌영문을 찾았을 때는 심법 수련을 마친 제자들 이 두세 명씩 짝을 지어 대련에 한창이었다. 김은은 혼자서 최아영과 임재민의 합공을 여유 있게 받아넘기는 중이었고, 김동과 김철은 도를 들고 묵애도법으로 대련 중이었다.

우건을 발견한 쾌영문도들이 앞다투어 달려와 인사를 건넸다.

"오셨습니까?"

"다들 열심이군. 쾌영문주가 돌아오면 기뻐하겠어."

김은이 머리를 긁적였다.

"사부님이 신혼여행에서 돌아왔을 때, 제자들의 성취가 떠나기 전보다 높아있지 않으면 불벼락을 내리실 거라 해서요."

"그럼 불벼락을 받지 않게 내가 좀 도와줘야겠군."

김은 등이 뛸 듯이 기뻐하며 물었다.

"그게 정말이십니까?"

"어서 자세들 잡게."

"예!"

대담한 쾌영문도 다섯 명은 곧장 우건을 포위하듯 에워쌌다.

우건이 고개를 끄덕였다.

"선공하게."

긴장한 듯 침을 삼키며 고개를 끄덕인 김은이 묵애도법 기수식을 이용해 공격해간 것을 시작으로 대련의 막이 올랐다.

주공을 맡은 김 씨 삼형제가 도로 묵애도법을 펼치며 우건을 상대하는 동안, 최아영은 전권 밖으로 물러나 그녀가 가장 자신 있어 하는 일투삼낙으로 우건의 빈틈에 암기를 날렸다. 그리고 임재민은 그런 최아영을 호위하며 보조를 맞추었다.

우건은 김 씨 삼형제가 뿌려낸 도광을 피하며 고개를 끄덕였다.

원공후의 생각인지 아님 쾌영문 제자들이 아이디어를 짜내 만든 것인지는 알 수 없지만, 어쨌든 그들은 강자를 상대하기 적합한 합격진(合格陣)으로 우건을 협공하는 중이었다.

먼저 무공실력이 가장 뛰어난 김 씨 삼형제가 우건 주위를 천천히 돌며 묵애도법으로 만든 도광을 이용해 공격해 왔다.

김 씨 삼형제가 뿌려낸 검은색 도광이 우건의 머리와 가슴, 단전 세 곳을 도시에 베어왔다. 우건은 섬영보와 비응보, 유수영풍보를 연달아 펼쳐 삼형제의 공격을 가볍게 피했다.

그때였다.

쉬이익!

전권에서 한발 물러나 있던 최아영이 위로 솟구친 우건의 요혈에 일투삼낙에서 차용한 수법으로 쇠구슬 세 개를 던졌다.

공중에 뜨는 바람에 운신의 폭이 전보다 줄어든 우건이 절묘한 각도로 날아드는 쇠구슬을 피하기는 쉽지 않아 보였다.

한데 구슬이 요혈을 때리려는 순간, 마치 뒤에서 누가 잡아당긴 것처럼 우건의 신형이 지상으로 비스듬히 떨어져 내렸다.

물론, 최아영이 던진 쇠구슬은 허공을 헛치며 지나갔다.

지상으로 내려온 우건을 김 씨 삼형제가 기다렸다는 듯 공격해왔다. 그러나 우건 역시 마찬가지였다. 그는 지상으로 내려오기 전에 이미 김 씨 삼형제의 의도를 간파한 상태였다.

우건은 유수영풍보로 김 씨 삼형제의 공격을 피하는 한편, 왼손을 휘둘러 허공으로 날아가던 쇠구슬에 상비흡주를 전개했다.

상비흡주에는 물체를 당기는 인력이 들어 있었다. 상비흡주의 인력이 쇠구슬을 당기는 순간, 벽에 막힌 것처럼 잠시 멈춰 있던 쇠구슬이 우건 쪽으로 쉭 하는 소리를 내며 돌아갔다.

우건은 본인에게 날아드는 쇠구슬을 태을십사수 철마제군의 수법으로 쇠구슬을 날린 장본인인 최아영에게 쏘아 보냈다.

철마제군은 상비흡주와 정반대의 성질을 가졌다.

즉, 상비흡주에 물체를 끌어당기는 인력(引力)이 들어 있다면 철마제군에는 물체를 밀어내는 척력(斥力)이 들어 있었다.

최아영은 어마어마한 속도로 날아드는 쇠구슬에 놀라 급히 분영은둔으로 피했다. 그러나 워낙 갑작스러운 일이었던 탓에 제 시간에 피하기가 어려웠다. 피하기를 포기한 최아영이 아득한 표정을 지을 때였다. 그녀를 보호하는 임무를 맡은 임재민이 쇠구슬 앞으로 뛰어들며 쾌영산화수를 펼쳤다.

파파팟!

임재민의 두 팔이 허공을 어지럽게 가를 때마다 세찬 경풍이 파도처럼 일어나 쇠구슬이 날아오는 속도를 점점 늦췄다.

이윽고 힘이 다한 쇠구슬이 임재민 앞에서 뚝 떨어져 바닥으로 굴러갔다. 최아영과 임재민 얼굴에 화색이 돌 때였다.

"피해!"

"위다!"

김 씨 삼형제의 다급한 외침에 놀란 두 사람이 고개를 들었다.

그때였다.

머리 위에서 대붕(大鵬)처럼 팔을 활짝 펼친 자세로 날아든 우건이 오른발을 휘둘러 놀란 표정을 감추지 못하는 임재민의 머리를 걷어찼다. 선풍무류각의 절초인 철혈각이었다.

"에잇!"

임재민은 두 팔을 교차시켜 철혈각을 막아갔다.

그러나 우건의 철혈각은 허초였다.

오른발을 끌어당긴 우건은 왼발로 연환각을 펼쳐 비어 있는 임재민 가슴을 걷어찼다. 가슴을 차인 임재민은 비명을 지르며 붕 떠올라 3미터 거리에 있는 벽에 부딪쳐 나뒹굴었다.

그때, 최아영은 우건의 사각에 있었다.

그녀는 사형의 복수를 하려는 듯 백사보를 이용해 몰래 접근한 다음, 재빨리 쾌영산화수로 우건의 옆구리를 때려갔다.

휙!

바람소리가 날 만큼 빠른 속도로 돌아선 우건은 최아영이 펼친 쾌영산화수를 비원휘비로 가볍게 막은 다음, 왼손으로 무영무음지를 펼쳐 그녀의 마혈을 제압했다. 마혈이 찔린 최아영은 몸이 나무토막처럼 뻣뻣하게 굳어 움직이지 못했다.

그때였다.

쉬익!

등 뒤에서 세찬 파공음이 나는 것을 들은 우건은 섬영보를 펼쳐 피했다. 우건의 등을 기습하려 했던 김철이 비명을 지르며 급히 도의 궤적을 옆으로 바꾸었다. 우건이 시기적절하게 피하는 바람에 그가 계속 도를 베어갔으면 칼은 우건이 아니라, 마혈이 제압당한 최아영을 베어갔을 것이다.

사형제끼리 상잔(相殘)하는 비극을 간신히 피한 김철이 한숨을 돌렸을 때, 갑자기 달려든 우건이 김철의 혈도를 찔렀다.

김철은 피하려던 자세 그대로 몸이 굳어 움직이지 못했다. 그때, 막내를 구하기 위해 김은과 김동이 양쪽에서 달려왔다.

우건은 다시 한 번 철마제군과 상비흡주를 펼쳐갔다.

그러나 이번에는 좀 전과 방식이 조금 달랐다.

철마제군은 김동이 쥔 칼에, 상비흡주는 김은이 쥔 칼에 각각 펼쳐갔다. 두 사람은 본인의 칼이 엄청난 힘에 방해받아 궤도가 빗나가는 광경을 속절없이 지켜볼 수밖에 없었다.

김은과 김동은 우건이 펼친 간단해 보이는 금나수에 이런 묘용이 숨어 있을지 몰랐던 탓에 어안이 벙벙한 표정을 지었다.

한데 이상한 일은 거기서 끝나지 않았다.

궤도가 빗나간 칼이 형과 동생에게 날아간 것이다. 즉, 김은의 칼은 김동의 배에, 김동의 칼은 김은의 가슴에 날아 갔다.

"이런!"

"제기랄!"

두 사람은 형과 동생을 베지 않기 위해 전력을 다해 칼을 회수해야 했다. 그들이 가까스로 본인의 칼을 회수했을 때 였다.

뒷목이 따끔거리며 마비가 온 것처럼 몸이 굳는 것을 느 꼈다.

우건이 그사이 두 사람의 혈도를 찌른 것이다.

이렇게 하여 다섯 명이 한 명을 상대로 벌인 대련은 그 한 명의 완벽한 승리로 끝이 났다. 김은 삼형제와 최아영은 혈도를 제압당해 움직이지 못했다. 그리고 연환각에 가슴 을 차인 임재민은 취한 사람처럼 비틀거리다가 벽을 들이 받았다.

마혈이 제압당했을 뿐, 아혈까지 제압당하지는 않았다.

최아영이 짜증 섞인 목소리로 임재민에게 소리쳤다.

"임 사형, 뭘 멀뚱히 보고만 있는 거예요!"

정신을 차린 임재민이 놀라 사매에게 물었다.

"왜, 왜 그래?"

"얼른 우리 혈도를 풀어줘야 할 거 아니에요!"

"알, 알았어."

최아영의 기가 센 탓에 입문 순서로 보면 임재민이 까마득한 선배였지만 임재민은 최아영 앞에서 맥을 추지 못했다.

임재민이 얼른 달려가 최아영의 혈도를 눌렀다.

그러나 태을문 비전수법으로 짚은 혈도가 풀릴 리 만무했다.

최아영이 앙칼진 목소리로 물었다.

"설마 혈도를 어떻게 푸는지 모르는 거예요?"

계속 시도해 보던 임재민이 결국 당황한 표정을 감추지 못했다.

"이, 이거 큰일 났는데."

"왜요?"

"본, 본문 해혈법(解穴法)으로 풀어봤는데 도통 먹히질 않아."

피식 웃은 우건은 최아영이 임재민을 쥐 잡듯 잡기 전에 무음무영지를 몰래 펼쳐 그녀가 점혈당한 혈도를 풀어주었다.

몸이 움직이는 것을 느낀 최아영이 임재민에게 물었다.

"잘 하면서 왜 못한다고 한 거예요?"

"어, 풀렸어?"

"봐요. 풀렸잖아요."

대답한 최아영이 팔과 다리를 움직여보였다.

고개를 갸웃거리던 임재민은 김 씨 삼형제에게 달려가 그들의 혈도를 풀었다. 물론, 우건이 몰래 손을 써서 마치 임재민이 고절한 수법으로 혈도를 풀어준 것처럼 보이게 만들었다.

최아영과 임재민은 실력이 떨어지는 탓에 그 안에 숨어 있는 곡절을 알지 못했지만 우건이 꾸민 일임을 눈치 챈 김 씨 삼형제는 쓴웃음을 지은 채 말없이 우건에게 머리를 숙였다.

김은 등이 다가와 우건에게 머리를 숙이며 청했다.

"평가를 부탁드립니다."

우건은 먼저 최아영을 가리켰다.

"우선 최 소저는 너무 빨리 포기하는 경향이 있었소. 내가 돌려보낸 쇠구슬을 보고 피할 수 없다고 짐작하는 순간, 바로 포기하더군. 그건 무인이라면 피해야 하는 금기 중에 하나요. 끝까지 포기하지 않는다고 일어날 일이 일어나지 않는 것은 아니지만, 최선을 다하는 것과 지레짐작하여 포기하는 것 사이에는 하늘과 땅만큼의 차이가 있소. 명심하시오."

최아영은 우건의 지적이 마음에 들지 않은 듯했다.

"제가 포기한 건 이번 대결이 대련이기 때문이었어요. 주공이 저에게 살수를 쓰지 않을 거라 생각한 거죠. 실제로 목숨이 왔다 갔다 하는 상황이었으면 포기하지 않았을 거예요."

우건은 고개를 저으며 엄한 목소리로 꾸짖었다.

"대련을 실전처럼 생각하지 않으면 언제고 크게 데이는 날이 있을 것이오. 대련이든, 실전이든 최선을 다해야할 것이오."

호된 꾸지람을 처음 들어본 듯 최아영은 풀이 죽어 대답했다.

"며, 명심할게요."

최아영이 변명하다가 본전도 찾지 못하는 모습을 목격한 다른 사람들은 긴장한 기색으로 우건의 다음 평가를 기다렸다.

우건의 시선이 임재민에게 향했다.

긴장한 듯 침을 꿀꺽 삼킨 임재민이 우건의 말을 기다렸다.

우건이 그를 보며 충고했다.

"상대의 공격을 저지하는 방법은 크게 두 가지가 있네. 막거나, 피하는 거지. 한데 자네는 무조건 막는다는 생각밖에 하지 않는 것 같더군. 머릿속에 막는다는 생각밖에 없으니까 초보 수준의 허초에 걸려들어 가슴을 차인 것이네. 상대가 자신보다 고수일 때는 막기보다는 피하는 게 좋을 걸세."

임재민은 방금 전의 상황을 떠올린 듯 멍한 표정을 지었다.

우건이 머리 위에서 오른발로 철혈각을 펼쳐 임재민의 머리를 걷어차려 했을 때, 임재민은 피할 시간과 공간이 충분했다. 우건이 전력을 다해 철혈각을 펼치지 않은 덕분이었다.

한데 임재민은 철혈각을 막기 위해 손을 내밀었다.

그러나 철혈각은 우건의 허초였다.

철혈각 대신 연환각으로 방어가 텅텅 빈 가슴을 걷어찬 것이다.

물론, 연환각 역시 힘을 상당히 뺀 상태였기에 3미터 밖으로 날아가 벽에 부딪치기는 했지만 바로 일어설 수가 있었다.

임재민이 머리를 넙죽 숙였다.

"가르침에 감사드립니다."

임재민 다음에는 김철이었다.

우건은 고개를 끄덕이며 조언했다.

"자넨 상황을 살피는 눈을 좀 더 기르는 게 좋겠네. 나를 기습하려다가 최 소저를 벨 뻔한 것은 자네가 주변 상황에 충분히 주의를 기울이지 않았다는 뜻이네. 그리고 가끔 긴장을 푸는 습관이 있더군. 좋은 습관이 아니니까 빨리 버리게."

"옛!"

김철이 쩌렁쩌렁한 목소리로 대답했다.

우건은 마지막으로 김은과 김동 두 명을 같이 지목했다.

"두 사람은 초식의 형(形)이 제법 잡힌 게 일류고수라 불러도 손색이 없을 것 같더군. 적지 않은 나이에 이 정도 성과를 거둔 것은 두 사람이 엄청나게 노력했다는 반증일 것이네."

칭찬을 받은 김은과 김동은 쑥스러운 듯 어쩔 줄 몰라 했다.

우건은 고개를 저었다.

"일류고수에 만족해서는 안 되네. 좀 더 높은 경지를 향해 나아가려는 향상심이 필요하네. 거기서 만족해버리면 끝이야."

"명심하겠습니다."

"방금 전에 내가 두 사람에게 펼친 수법이 무언지 알겠는가?"

둘째 김동은 고개를 저었지만 대사형은 뭔가 달라도 달랐다.

김은이 즉시 대답했다.

"이화접목이란 이름의 고절한 수법이라 들은 적이 있습니다."

"맞네. 이화접목이네. 무공을 배울 때 가장 중요한 무리 중 하나가 바로 상대의 힘을 이용하는 것일세. 넉 냥의 힘으로 천근을 움직인다는 사량발천근(四兩撥千斤)이란 말이 괜히 나온 게 아니란 것을 명심하게. 이 이화접목을 열심히 연구하다 보면 얻는 점이 있을 걸세. 그리고 이화접목의 묘리를 알아낸다면 절정고수의 반열에 올라설 수 있을 것이네."

욕심 많은 최아영이 슬쩍 다가와 물었다.

"주공께서는 절정고수보다 더 강한 고수이시니까 방금 전에 말씀하신 이화접목의 묘리를 아시겠군요. 혹시 저희에게 그 묘리를 가르쳐주실 순 없나요? 맨땅에 헤딩하는 것보단 묘리가 뭔지 알고 나서 연구하는 게 더 빠를 것 같아서요."

우건은 피식 웃었다.

"말해준다고 다 이해하면 세상에는 절정고수들 천지일 거요."

"그야 그렇겠지요……."

최아영이 실망한 듯 입을 뾰루퉁하게 내밀었을 때였다.

우건이 못 당하겠다는 얼굴로 고개를 절레절레 저으며 말했다.

"힌트를 줄 순 있을 것이오."

최아영이 언제 실망했냐는 듯 눈을 반짝이며 물었다.

"뭔가요? 그 힌트라는 게."

"무인 간의 대결이든, 일반인이 마구잡이로 벌이는 싸움이든 어차피 서로 주고받는 게 있다는 데에는 차이가 없을 것이오. 대결이나, 싸움은 목각인형을 상대로 하는 게 아니니까."

우건에게 질문을 던진 당사자인 최아영은 물론이거니와 옆에서 정신을 바짝 차리고 듣던 다른 사람들 역시 우건의 조언을 전혀 이해하지 못한 듯 고개를 갸우뚱거렸다. 힌트를 줄 만큼 주었다고 판단한 우건은 그들이 고민하게 그냥 두었다.

우건이 방금 전에 한 말처럼 스스로 깨닫지 못하면 소용없는 일이었다. 일류고수까지는 사부의 세심한 지도와 뛰어난 무공을 이용해 올라갈 수 있지만 절정고수는 아니었다.

병아리가 알을 깨고 나오는 것처럼 스스로 깨닫지 못하면 절대 오를 수 없는 경지가 바로 절정고수의 경지인 것이다.

우건은 김동을 손짓해 불렀다.

"자네 연구실로 가지. 긴히 할 이야기가 있네."

머리가 좋은 김동은 우건이 아침부터 그를 찾은 이유를 바로 알아차린 듯했다. 자기가 먼저 2층 연구실 쪽으로 걸어갔다.

한편, 우건과 김동이 김동의 연구실로 떠난 후, 대청에 남은 쾌영문 문도들은 우건이 준 힌트를 연구하느라 정신 없었다.

최아영이 머리카락을 쥐어뜯으며 고개를 가로저었다.

"전 그 힌트가 무엇을 뜻하는지 도저히 모르겠어요."

김철과 임재민 역시 마찬가지라는 듯 같이 고개를 가로 저었다.

세 사람의 시선은 자연스럽게 그들 중 실력이 가장 뛰어난 대사형 김은에게 향했다. 김은이라면 뭔가 알 것 같았다.

아까부터 미간을 찌푸린 채 멍하니 서 있던 김은이 대꾸했다.

"이건 순전히 내 느낌이긴 하지만 싸움은 목각인형과 하는 게 아니라는 주공의 말씀이 우리에게 주려는 힌트인 것 같아."

최아영은 영문을 모르겠다는 얼굴로 눈을 깜빡거리며 물었다.

"목각인형이요?"

"그래, 목각인형."

대답한 김은이 김철에게 목각인형처럼 서 있으란 지시를 내렸다.

김철은 시키는 대로 목각인형처럼 뻣뻣하게 서 있었다.

김은이 턱수염을 쓰다듬으며 중얼거렸다.

"목각인형과 하는 싸움이 아니다……."

김은이 고개를 돌려 최아영에게 지시했다.

"막내사매가 셋째를 한번 공격해 봐."

"알았어요."

최아영은 그녀가 자신있어하는 쾌영산화수로 김철을 공격했다. 김철은 목각인형처럼 서 있었기에 공격을 피하지 못했다.

피하지 못하는 상대와 하는 대련만큼 재미없는 것이 없었다.

최아영은 곧 싫증이 난 듯 손을 탁탁 털며 물러났다.

"이런 식으로는 백 날, 천 날 해봐야 소용없을 것 같은데요."

김은 역시 동의했다.

"맞아. 주공 또한 목각인형과 하는 싸움이 아니라고 했으니까. 방금 한 시범은 지금 하려는 행동과 비교하기 위함이야."

"예?"

"이번엔 막내사매가 공격할 때 막내 역시 같이 방어를 해봐."

김철이 고개를 갸우뚱하며 물었다.

"진짜로요?"

"그래, 진짜로."

대사형이 시키는 대로 최아영과 김철은 다시 한 번 맞붙었다.

그러나 이번엔 서로 공격과 방어를 주고받는 진짜 대련이었다.

최아영이 쾌영산화수를 펼치면 김철은 금계탁오권으로 반격했다. 두 사람의 팔과 주먹이 부딪칠 때마다 폭음이 울렸다.

그 모습을 한참 바라보던 김은이 자기 허벅지를 찰싹 때렸다.

"알았다!"

김은이 외치는 소리에 최아영과 김철이 대련을 멈추며 물었다.

"알아냈어요?"

"다들 모여 봐."

사제들을 한자리에 모은 김은이 설명했다.

"목각인형은 사람이 아니니까 당연히 공격에 반응하질 않아. 그러나 사람은 적이 때리면 막고 걷어차면 피하려들겠지. 목각인형과 수련할 때처럼 본인의 자세만 신경 써서는 의미가 없다는 거야. 즉, 상대를 이용할 줄 알아야 한단 뜻이지."

최아영이 아미를 살짝 찌푸렸다.

"아직까진 알쏭달쏭해요. 무슨 말인지 알 것 같기는 한데 막상 설명해보라고 하면 못할 것 같은…… 그런 기분이에요."

김은이 김철과 함께 대청 중앙으로 걸어갔다.

"내가 먼저 시범을 보일게. 다들 내 동작을 잘 봐줘."

김은은 김철에게 금계탁오권의 자세를 취하게 했다.

김철이 금계탁오권 자세를 잡았을 때, 김은이 지시를 내렸다.

"금계탁오권 웅계탁공(雄鷄琢蚣)초식에서 쓰는 투로(鬪路)에 맞게 오른 주먹으로 내 왼쪽 어깨 아래를 비스듬히 때려봐."

김철은 시키는 대로 오른다리를 반보 앞으로 내밀었다. 그리고는 허리를 왼쪽으로 크게 틀다가 오른 주먹으로 김은의 왼쪽 어깨를 때려갔다. 웅계탁공 초식의 완벽한 재현이었다.

김철의 주먹이 왼쪽 어깨를 천천히 때려올 때, 김은이 말했다.

"여기서 이 초식을 상대하는 방법은 크게 두 가지야. 하나는 어깨를 뒤로 빼거나, 밑으로 젖혀 피하는 방법이지. 그러나 우리는 지금까지 대련할 때, 대부분 밑으로 젖혀 피하는 방법을 사용했어. 밑으로 젖혀 피한 다음, 재빨리 반격하기 위해서였지. 어깨를 뒤로 빼는 방법은 무게중심이 같이 뒤로 옮겨가니까 재빠른 반격이 어려워 쓰질 않은 거지."

성격 급한 최아영이 그새를 못 참고 물었다.

"그런데요?"

"지금은 뒤로 빼는 방법을 써보자는 거야."

김은은 말한 대로 어깨를 뒤로 빼서 김철의 주먹을 피했다.

그때였다.

김은은 주먹을 피하느라 상체를 비스듬히 뒤로 젖힌 상태에서 쾌영산화수 웅파봉소(雄爬蜂巢)의 수법을 사용해 김철이 뻗은 오른팔을 긁듯이 잡아 자기 오른쪽으로 슬쩍 당겼다.

"여기가 두 번째 단계야."

임재민이 침을 꿀꺽 삼키며 물었다.

"그게 끝이 아니라, 두 번째 단계라는 겁니까?"

"맞아. 이게 끝은 아니지."

대답한 김은이 김철에게 물었다.

"내가 이 자세에서 웅파봉소를 펼친다면 넌 어떻게 피할 거야?"

잠시 고민하던 김철은 발뒤꿈치에 잔뜩 힘을 주며 대답했다.

"당연히 끌려가지 않기 위해 몸 중심을 뒤로 옮겨놓을 겁니다."

"바로 그거야!"

소리친 김은은 구룡각 지룡색부(地龍索跌)초식을 사용해 무게 중심을 급히 뒤로 옮긴 김철의 발뒤꿈치를 왼발로 걸어 움직이지 못하게 했다. 그리고는 쾌영산화수 장장분분(掌藏紛紛)초식을 사용해 김철의 오른쪽 배 부위를 살짝 밀었다.

꼼짝없이 당한 김철은 거목처럼 쿵하는 소리를 내며 쓰러졌다.

김은이 쓰러진 김철을 일으켜 세우며 사제들에게 설명했다.

"방금 한 게 세 번째 단계야."

최아영이 마침내 이해했다는 듯 고개를 크게 끄덕였다.

"사람은 목각인형이 아닌 탓에 초식을 펼칠 때마다 반응이 제각기 다르다는 말이군요. 그리고 그 반응을 자세히 살펴 반격에 이용하면 큰 힘을 들이지 않고 이길 수 있다는 거구요."

김은이 손뼉을 치며 대꾸했다.

"바로 그거야, 막내사매! 상대의 힘을 이용해 상대를 공격하는 수법이지. 막내가 나한테 웅계탁공을 펼쳤을 때, 나는 재빨리 몸을 뒤로 젖혀 피하며 웅파붕소로 반격했지. 웅계탁공은 앞으로 다가서며 펼치는 초식이니까 무게 중심이 앞에 있을 수밖에 없다는 점을 이용한 거야. 아마 어지간한 무인들은 이런 수법에 당하는 순간, 빠져나오지 못할 거야. 만약, 적이 막내가 한 것처럼 끌려들어가지 않기 위해 무게중심을 뒤로 옮긴다면 마지막에 내가 한 것처럼 지룡색부로 발을 묶고 장장분분을 펼쳐 끝장을 낼 수 있는 거지."

김철과 임재민은 그제야 김은의 설명을 이해한 듯했다.

"초식에 대한 상대의 대응방법을 미리 연구해 두면 고민할 필요 없이 초식을 연계하여 치명적인 반격을 할 수 있겠군요."

"맞아."

김은은 방금 본인이 한 것처럼 상대의 반응을 이용해 연계해 펼칠 수 있는 초식을 사제들과 연구했다. 그 결과, 몇 시간 지나지 않아 수십 개의 연계초식을 만들어낼 수 있었다.

그들은 지금까지 배운 대로 첫 번째 초식부터 마지막 초식까지 물 흐르듯 자연스럽게 펼치는 데에만 정신을 집중했다.

상대의 반응은 신경 쓰지 않은 것이다.

그저 자기가 배운 초식을 펼치는 데만 급급했다.

그러나 우건이 준 힌트를 통해 적과의 싸움은 초식을 1번부터 100번까지 펼치는 게 중요한 게 아니라, 상대의 반응을 적절히 이용해가며 싸우는 게 중요하다는 점을 깨달았다.

특히, 상대의 힘과 무게중심을 이용하여 싸워야 한다는 점을 깨달았다. 하와이에서 꿀맛 같은 신혼여행을 보내고 있을 원공후가 돌아와 제자들을 본다면 아마 깜짝 놀랄 것이다.

4장. 협력(協力)

우건은 쾌영문 2층에 위치한 김동의 연구실에 들어가 주위를 둘러보았다. 마치 공대 연구실에 들어와 있는 느낌이었다.

아주 비싸 보이는 데스크톱 다섯 대가 원형 테이블 위에 원을 그리며 놓여 있었다. 그리고 테이블 바깥에선 데이터를 저장하는 서버가 윙 하는 소음을 내며 돌아가는 중이었다.

데스크톱과 대형 서버를 이어주는 케이블이 바닥에 거미줄처럼 깔려 있어 발을 어디다 디뎌야 하는지 모를 지경이었다.

데스크톱과 대형 서버가 뿜어내는 열이 만만치 않아 에어컨 두 대가 쉼 없이 돌아가며 방 안 온도를 계속 낮추었다.

김동은 가게 계산대에나 있을 법한 문을 열고 원형 테이블 안으로 들어갔다. 우건 역시 같은 방법을 이용해 들어갔다.

"여기 앉으십시오."

우건에게 의자를 권한 김동이 자리에 앉아 마치 피아니스트가 피아노를 치듯 데스크톱 다섯 대를 일제히 가동시켰다.

모니터 다섯 대에 일제히 불이 들어오더니 우건은 알아보기 힘든 문자와 그래픽들이 떠올랐다가 사라지기를 반복했다.

김동은 데스크톱 다섯 대 중 메인컴퓨터로 보이는 가장 큰 컴퓨터 앞으로 의자를 밀어 키보드를 조작하기 시작했다.

"등선문 인트라넷을 뒤진 게 효과가 컸습니다."

"그런가?"

"예, 이걸 보십시오."

김동이 모니터를 돌려 우건이 볼 수 있게 해주었다.

모니터에는 사람 이름과 돈 액수가 가득한 문서가 나와 있었다.

우건은 문서에 적힌 이름과 액수부터 확인했다.

제천회는 등선문을 통해 수백억에 달하는 거금을 정치인, 언론인, 검사, 관료 등에게 뇌물로 제공했다. 거기에 성접대, 마약과 같은 향응제공을 더하면 그 규모는 더 커질 것이다.

김동이 설명을 이어나갔다.

"이처럼 뇌물을 준 문서가 수백 장에 이릅니다. 며칠 동안 자료를 자세히 조사해본 결과, 제천회는 독령단, 망인단, 범천단, 적귀단과 같은 칠성좌를 통해 벌어들인 자금으로 각 분야에 엄청난 규모의 인맥을 구축해 법망을 빠져나가거나, 그들이 벌이는 사업에 혜택을 받는 데 주로 이용했습니다."

우건은 단도직입적으로 물었다.

"제천회에 관한 정보는 얼마나 찾아냈는가?"

김동이 키보드를 조작해 처음 보는 문서를 모니터에 띄웠다.

"우선 이 문서부터 먼저 봐주십시오."

우건은 모니터에 뜬 문서를 살피다가 김동에게 물었다.

"이건 은행기록 아닌가?"

"그렇습니다. 요즘 같은 세상에선 현찰장사를 고집하더라도 은행을 피할 방법이 없습니다. 제천회 역시 마찬가

지였습니다. 그들은 칠성좌를 점조직으로 운용해 조직을
보호하려 애썼지만 그들이 은행에 넣은 돈은 추적이 가능
했습니다."

김동은 돈을 역추적하는 방법을 이용해 제천회를 추적했
다.

물론, 한국에서 그나마 보안시스템을 제대로 갖춘 거의
유일한 조직인 은행의 전산망을 해킹해야 하는 수고가 따
로 필요하기는 했지만 수고를 마다하지 않은 결과는 충분
히 만족스러웠다.

김동은 제천회로부터 10억 원 상당의 뇌물을 받은 대검
차장검사 남인수의 계좌를 기준으로 삼았다. 물론, 대검 차
장검사까지 올라간 검사가 실명 계좌로 뇌물을 받을 리 만
무했다.

그리고 요즘은 직계 가족, 친척, 지인의 계좌까지 전부
다 뒤지는 세상인 탓에 접점이 전혀 없는 차명계좌를 사용
했다.

수십억 개에 달하는 은행계좌 중에 남인수가 쓰는 차명
계좌를 찾아내는 일은 그야말로 모래사장에서 바늘 찾는
게 아니라, 모양과 색깔은 같지만 내용물이 다른 모래를 찾
는 작업과 비슷했다. 그러나 다행히 김동의 손엔 등선문 인
트라넷에서 다운받아 입수한 남인수의 차명계좌번호가 있
었다.

김동은 남인수의 차명계좌를 해킹해 돈의 흐름을 추적했다.

　그는 곧 남인수의 차명계좌로 돈을 송금한 세 개의 다른 계좌번호를 찾아낼 수 있었다. 김동은 그 계좌번호 세 개를 자세히 조사해 뇌물로 준 돈이 어디서 들어왔는지 추적했다.

　제천회은 돈의 출처를 감출 목적으로 여러 번에 걸쳐 돈세탁을 했지만 김동의 끈질긴 추적을 피하는 데는 실패했다.

　김동은 마침내 제천회 독령단이 사용하는 주 계좌를 찾아냈다.

　독령단은 자양문이 마약을 팔아 번 돈을 등선문에 송금해 인맥관리를 했던 탓에 거슬러 올라가면 당연히 독령단이 사용하는 주 계좌가 나왔다. 김동은 이 독령단이 개설한 주 계좌에서 다른 계좌로 송금한 내용에 주목하기 시작했다.

　독령단은 제천회 본단에 운영자금을 송금했을 확률이 높았다.

　그 계좌가 본단이 쓰는 계좌일 가능성이 있는 것이다.

　김동은 즉시 의심 가는 계좌를 몇 개 찾아내 추적에 들어갔다.

　그리고 마침내 제천회 본단이 사용하는 계좌를 하나 찾아냈다.

본단이 쓰는 계좌를 추적한 다음에는 그 반대로 추적했다. 본단이 쓰는 계좌로 돈을 송금한 다른 계좌를 추적한 것이다.

칠성좌는 본단에 운영자금을 상납할 테니까 본단으로 돈을 송금한 계좌 주인이 칠성좌 중 하나일 가능성이 있는 것이다.

설명을 마친 김동이 적귀단(赤鬼團)이라 적힌 문서를 띄웠다.

"제천회 본단으로 돈을 송금한 계좌 중에 하나를 파보았더니 적귀단이 나왔습니다. 적귀단은 들어보신 적이 있을 겁니다."

물론, 들어보았다.

우건이 몇 년 전에 제천회 망인단을 토벌할 때였을 것이다.

마지막에 망인단 단주 장린과 생사를 오가는 격전이 벌어졌는데, 당시만 해도 내력이 지금처럼 높지 않을 때라 백지장 한 장 차이로 패하기 직전이었다. 사실, 무인끼리의 대결에서 백지장 한 장 차이는 의미가 없는 것이나 마찬가지였다.

백지 한 장 차이든, 하늘과 땅의 차이처럼 메꿀 수 없는 차이든, 목숨을 잃는다는 점에서는 사실 큰 차이가 없는 것이다.

승리한 장린이 패한 우건의 목을 베려는 순간.

예상치 못한 일이 벌어졌다.

장린의 막내제자인 공령도 송지운이 사부를 배신한 것이다.

장린은 송지운에게 기습을 당해 목숨을 잃었고 우건은 그 덕분에 목숨을 건질 수 있었다. 우건은 송지운에게 도와준 이유를 물었지만 송지운은 화제를 돌리며 대답을 피했다.

그때, 송지운이 떠나기 전에 선심 쓰듯 준 정보가 하나 있었다.

바로 제천회 적귀단 단주 마동철과 지금은 탄핵당한 전 대통령 한승권을 모시던 제 1부속실장 제경준이 모처에서 은밀한 거래를 할 거란 정보였다. 우건은 밑져야 본전이라는 생각에 송지운이 말해준 시간에 그 장소를 은밀히 찾아갔다.

한데 송지운의 말은 사실이었다.

마동철이 제경준에게 수십억에 달하는 뇌물을 주는 현장을 목격한 것이다. 우건은 그들이 만나는 장면을 촬영해 흘렸고 그것이 한승권이 탄핵당하는 결정적인 사유로 작용했다.

즉, 송지운이 준 정보가 지금의 정국을 만든 것이나 다름 없었다.

한데 김동이 거의 잊고 있던 적귀단을 언급한 것이다.

자세히 알진 못하지만 그 일로 적귀단 단주 마동철이 실각했을 거란 사실은 쉽게 유추할 수 있었다. 하지만 단주가 실각했다고 해서 적귀단까지 해체되었을 가능성은 적었다.

우건은 모니터에 뜬 계좌정보를 재빨리 읽어 내려가며 물었다.

"이게 적귀단이 보유한 계좌란 건가?"

"그렇습니다."

"이걸로 무엇을 알아낼 수 있는가?"

김동이 자신만만한 표정으로 대답했다.

"적귀단의 위치를 알아낼 수 있습니다."

우건은 믿을 수 없다는 표정으로 물었다.

"계좌에 그런 정보까지 나오는가?"

"물론, 계좌에는 개인정보가 들어 있기 마련입니다. 주소, 전화번호 등이 그것이지요. 그러나 적귀단이 실제 주소와 실제 전화번호를 입력했을 리 없으니까 그 정보는 소용없습니다."

"그럼?"

"적귀단은 일반 회사와 거의 모든 게 다르지만 한 가진 같을 수밖에 없습니다. 바로 단원들에게 월급을 준단 사실입니다."

"월급을?"

"그렇습니다. 적귀단 계좌에서 단원들 계좌로 흘러들어간 돈을 우선 추적했습니다. 아마 십중팔구 적귀단이 단원들에게 지급한 월급일 겁니다. 그렇게 해서 적귀단 단원들의 계좌를 찾아낸 다음, 그들이 돈을 어디서 쓰는지 찾았습니다."

김동이 모니터에 경기도 수원을 확대한 지도를 띄웠다.

"물론, 조심성이 많은 자라면 본인이 거주하는 곳 근처나, 적귀단 본단이 있는 장소 근처에선 돈을 쓰려들지 않을 겁니다. 그러나 어디에나 조심성이 없는 자들이 있기 마련입니다. 전 그런 자들이 돈을 쓴 곳을 조사해 적귀단이 수원 광교산(光橋山)에 있다는 사실을 알아낼 수 있었습니다."

감탄한 우건은 김동을 거듭 칭찬했다.

"잘했네."

"아닙니다."

우건은 즉시 최욱 등에게 연락해 전체 회의를 열었다.

그리고 그 회의에서 김동이 알아낸 정보를 알려주었다.

"김동이 알아낸 정보가 틀릴 리 없을 거라 생각하지만 다음 단계로 넘어가기 위해서는 확실한 카드가 있어야 할 것이오."

우건의 뜻을 이해한 최욱은 바로 김은, 남영준 두 명을 데리고 수원 광교산으로 출발했다. 최욱은 산전수전 다 겪은 인물이라, 적귀단이 광교산 정확히 어디에 있는지 알아낼 수 있는 실력을 지녔다. 실제로 최욱은 적귀단이 광교산 북쪽 대왕골에 위치해 있단 사실을 알아내는 성과를 거두었다.

이리하여 손뼉을 마주치기 위해 필요한 첫 번째 손이 만들어졌다. 이제는 두 번째 손을 찾아내 손뼉을 칠 차례였다.

두 번째 손을 찾아내는 일은 전적으로 최욱의 수완에 달려 있었다. 최욱은 구룡문에서 쫓겨난 무령신녀 천혜옥 일파와의 교섭을 담당하고 있었는데 저쪽에서 최욱의 의도를 의심한 듯 만나기로 한 날짜와 시간을 계속 변경하는 중이었다.

우건은 최욱을 찾아 물었다.

"저들이 쉽게 만나주지 않을 것 같소?"

최욱이 씁쓸한 표정을 지으며 대답했다.

"그들은 저에게 다른 의도가 있는 줄 아는 것 같습니다."

"다른 의도라면?"

"제가 구룡문을 차지한 검귀 소우 일파에게 협력해 그들을 함정으로 끌어들이려는 게 아닌지 의심을 하는 것 같았습니다."

우건은 잠시 생각한 후에 고개를 끄덕였다.

"그들에게 우리가 가진 가장 좋은 카드를 보여주는 게 좋겠소."

"가장 좋은 카드라면?"

"내가 누군지 그들에게 알려주시오."

최욱이 놀라 물었다.

"주공에 대해서 어디까지 알려줘야 하는 겁니까?"

"수연의원이나 쾌영문 외에는 다 알려줘도 상관없소."

최욱이 걱정스런 얼굴로 물었다.

"정말 그래도 괜찮겠습니까?"

"그들을 끌어들이지 못하면 이번 계획은 성공하지 못할 것이오."

최욱이 굳은 표정으로 대답했다.

"알겠습니다. 그들에게 알려주겠습니다."

며칠 후, 최욱이 수연의원을 찾아와 보고했다.

"그들이 마침내 만나자고 연락해왔습니다."

"날짜와 장소는 정했소?"

"모레 강북에 있는 고급호텔 일식당에서 만나기로 했습니다."

우건은 쓴웃음을 지었다.

"그쪽은 여전히 우릴 의심하는 모양이군."

"그렇게 생각하십니까?"

"고급호텔 일식당이면 어느 쪽도 쉽게 손을 쓰지 못할 것이오."

최욱이 이해했다는 듯 고개를 끄덕였다.

"듣고 보니 그렇습니다. 주위에 보는 눈이 많은 탓에 오히려 한적한 장소보다 호텔 일식당 같은 곳이 더 안전할 겁니다."

우건은 약속 시간까지 조용히 명상을 하며 지냈다.

약속 당일, 우건은 최욱, 김은, 김동 세 명과 함께 약속장소로 정한 고급호텔 일식당을 찾았다. 저쪽에서 미리 예약해 놓은 듯했다. 바로 칸막이가 쳐져 있는 특실로 안내받았다.

자리에 앉아 10분쯤 기다렸을 때였다.

특실 안으로 처음 보는 일남이녀가 들어왔다.

남자는 40대 중반으로 보이는 중후한 인상의 중년 사내였는데 외공의 고수인 듯 양쪽 태양혈이 불룩 튀어나와 있었다.

남자가 비켜서서 여자 두 명이 안쪽 의자에 앉게 해주었다.

우건의 시선이 여자 두 명 쪽으로 옮겨갔다.

우선 나이가 좀 더 많은 여자를 살펴보았다.

풍기는 분위기로 봐선 나이가 적지 않은 듯했지만 눈가 옆에 생긴 주름을 제외하면 30대 초반이라 해도 믿을 정도였다.

또, 무슨 생각을 하는지 알기 힘든 표정과 고아(高雅)한 느낌을 주는 풍모가 왠지 모르게 신비스러운 분위기를 풍겼다.

확실히 눈에 익은 얼굴이었다.

우건은 옛 기억을 잠시 떠올려 보았다.

제천회 대청에서 그를 막아서던 고수 중에 그녀와 비슷한 분위기를 풍기는 여중고수가 있었단 기억이 금세 떠올랐다.

그녀는 바로 무령신녀 천혜옥이었다.

천혜옥 옆에는 20대 후반으로 보이는 젊은 여인이 서 있었다.

서글서글한 인상을 지닌 여인이었는데 눈에 신광(神光)이 번쩍이는 게 젊은 나이에 높은 성취를 거둔 고수로 보였다.

천혜옥 역시 우건을 알아본 듯했다.

잠시 흠칫한 천혜옥이 묘한 표정을 지으며 말했다.

"최욱에게 들었을 때는 반신반의했었는데 정말 당신이었군요."

우건은 일어나서 중원 식으로 포권해 보였다.

"오랜만이오."

천혜옥이 깊은 한숨을 쉬며 대꾸했다.

"당신이 3년 전에 넘어왔단 말을 들었는데 3년 만이라

해야 하는 건지, 아님 40년 만이라 해야 하는 건지 모르겠군요."

우건의 기준에서 보면 3년 만에 천혜옥을 다시 만나는 거지만 천혜옥의 기준에서는 40년 만에 우건을 보는 셈이었다.

천혜옥이 같이 온 중년 사내를 가리켰다.

"여긴 제 의동생인 중암거산(重巖巨山) 장대철(張大鐵)이에요."

중암거산 장대철이 정중히 포권하며 인사했다.

"만나서 영광입니다. 장대철이라 합니다."

우건 역시 포권으로 받았다.

"우건이오. 만나서 반갑소."

천혜옥이 그녀 옆에 바짝 붙어 서 있는 젊은 여자를 가리켰다.

"이 아이는 내 고명딸인 명주희(名珠熙)예요."

명주희는 고개를 약간 숙이는 것으로 인사를 대신했다.

이번엔 우건이 같이 온 일행을 그들에게 소개했다.

"이쪽은 알다시피 구룡문에 적을 둔 적 있는 무언객 최욱이오."

최욱이 포권하며 인사했다.

"오랜만에 뵙습니다."

그들은 복잡한 감정을 느끼는 듯 말없이 그의 인사를 받았다.

우건이 이번엔 김은과 김동 형제를 가리켰다.

"이 두 명은 내 일을 도와주는 사람들이오."

김은과 김동이 인사를 마친 후 그들은 자리에 앉아 음식을 주문했다. 장소가 일식집이었기에 초밥을 넉넉하게 시켰다.

그들이 주문한 초밥을 식당 종업원이 테이블에 차려놓고 나갈 때까지 방안에 있는 사람 누구도 입을 열지 않았다. 그저 어깨를 짓누를 듯한 무거운 침묵만이 감돌 따름이었다.

"드시죠."

우건의 권유에 다들 초밥을 한 점씩 집어먹었다. 그러나 두 번째 초밥으로 손을 뻗는 사람은 없었다. 그들은 배를 채우러 온 게 아니라, 중요한 일을 논의하러 왔기 때문이었다.

천혜옥이 차로 입가심을 하며 말했다.

"이런 분위기에서 밥을 먹었다가는 바로 체할 것 같군요. 다른 사람들이야 아직 젊어서 괜찮을지 모르지만 나처럼 나이가 많이 든 할망구는 한 번 체하면 아주 오래가니까요."

천혜옥의 말에 김은과 김동이 깜짝 놀라 그녀를 쳐다보았다.

천혜옥은 많이 쳐줘야 20대 후반, 30대 초반으로 보였다.

한데 그녀가 자기 자신을 나이든 할망구라 표현한 것이다.

천혜옥 역시 김은 등의 의문을 눈치 챈 듯 엷은 미소를 지으며 대꾸했다.

"주안술(朱顏術)을 익히면 나이보다 젊어 보이는 효과가 있다네."

김은과 김동이 얼른 고개를 숙였다.

"죄, 죄송합니다."

"사과할 필요 없네. 외모를 포기 못하는 노인네의 주책이니까."

대꾸한 천혜옥이 시선을 돌려 우건을 쳐다보았다.

"우 소협은 구룡문이 어떻게 만들어졌는지 아시나요?"

우건은 고개를 끄덕이며 대답했다.

"여기 있는 최 대협을 통해 들었소."

최욱이 우건 말이 맞다는 듯 천혜옥에게 고개를 끄덕여 보였다.

구룡문은 특이한 문파였다.

무인이 보통 문파를 세우는 이유는 본인만의 세력을 만들기 위해서거나, 아님 본인의 무공을 후대에 전하기 위해서였다.

그러나 구룡문은 둘 다 아니었다. 구룡문은 언젠간 나타날 태을문의 후예를 맞이할 준비를 하기 위해 만들어진 문파였다.

물론, 명목상 그렇다는 뜻이었다.

검귀 소우, 패천도 강익, 무령신녀 천혜옥 세 명은 제천회 대청에 있던 고수들 중에 상위에 드는 고수들이었다. 그들은 본인의 실력에 대한 자부심이 대단했다. 한데 제천회서 만난 태을문의 젊은 제자 하나를 감당하지 못해 쩔쩔 맸다.

그들은 큰 충격을 받았다.

그리고 태을문의 무공에 호기심이 생겼다.

아니, 호기심이라기보다는 욕심에 더 가까웠다.

이해할 수 없는 어떤 신비한 작용으로 인해 현대무림에 발을 디딘 그들은 잃어버린 내력부터 회복할 요량으로 지리산 깊은 계곡에 숨어 심법을 연성했다. 그때, 근처에 있던 송대길이란 청년이 그들을 찾아와 제자로 받아 달라 간청했다.

처음엔 송대길이란 청년을 제자로 받을 생각이 없었다.

그러나 송대길이 태을문 무공이 적혀 있는 비급을 갖고 있다는 사실을 안 다음에는 의도를 숨긴 채 제자로 받아들였다.

그러나 송대길이 소지한 비급은 심법운용이 전혀 적혀 있지 않은, 그야말로 초식만 나열해 놓은 형편없는 비급이었다.

그들은 태을문 비급에 적혀 있는 초식에 그들이 연성한 심법을 이식해 위력을 시험하는 한편, 언젠가 도착할 태을문 후예를 기다리며 구룡문이란 문파를 창설했다. 겉으론 마치 서양에서 말하는 메시아처럼 태을문의 후예를 기다리는 척했지만 속으론 이곳으로 넘어올 태을문 후예를 붙잡아 그에게서 무공을 빼낼 속셈이었다. 태을문 후예의 실력이 고강하기는 하지만 그 역시 자신들처럼 내력을 회복하지 못한 상태일 테니까 쉽게 붙잡을 수 있을 거라 여긴 것이다.

천혜옥이 한숨을 내쉬며 말을 이어갔다.

"솔직히 말하면 우린 태을문 무공을 훔치기 위해 태을문 후예가 도래하길 기다렸던 거예요. 하지만 장장 40년이 지나도록 후예가 도래하지 않았기에 다른 생각을 품기 시작했지요. 난 이미 욕심을 버린 상태였기에 다른 생각이 들지 않았지만 소우와 강익 두 사람은 달랐어요. 그들은 숨어사는 생활이 지겨웠는지 제천회와 특무대를 상대로 실력을 겨뤄보고 싶어 했어요. 그리고 모든 걸 차지하고 싶어 했어요."

우건은 고개를 저었다.

"난 과거에 일어난 일에는 관심 없소."

"그럼 뭐에 관심 있나요?"

"앞으로 일어날 일에 관심이 있소."

"앞으로 일어날 일이라……."

말꼬리를 늘리던 천혜옥이 빙긋 웃었다.

"특무대는 내분 때문에 망했다고 했으니까 앞으로 일어날 확률이 가장 높은 일이라면 제천회와 구룡문의 대결이겠군요."

"그렇소."

천혜옥이 앞으로 상체를 당기며 묘한 목소리로 물었다.

"단도직입적으로 묻죠. 그래서 어떻게 하자는 거죠?"

"난 제천회와 구룡문을 서로 상잔(相殘)시킬 생각이오."

생각을 정리하는 듯 잠시 말이 없던 천혜옥이 다시 물었다.

"그들을 상잔시키려는 이유는요?"

"부채(負債)의식 때문이오."

"부채라면 빚을 졌단 건데 대체 누구에게 빚을 졌다는 거죠?"

"난 지금 세상을 살아가는 사람들에게 빚을 졌다고 생각하오."

"지금 세상을 살아가는 사람들에게요?"

"그렇소. 애초에 우리가 이곳으로 넘어오지 않았다면 사람들은 무인에게 고통을 당하며 살 필요가 없었을 것이오. 물론, 무인이 다 나쁜 건 아니지만 한 명이라도 나쁜 마음을 먹은 무인이 있어 사람들이 그에게 고통을 당한다면 그건 우리 책임이라 할 수 있소. 물론, 상황이 이렇게까지 흘러간 데에 가장 큰 원인을 제공한 사람은 우리 태을문이오. 난 부정할 생각이 전혀 없소. 태을문 반도가 제천회를 장악하지 않았다면, 그리고 그가 펼친 함정에 나와 당신들이 걸려들지 않았다면 현대무림은 애초에 생겨나지 않았을 테니까."

천혜옥이 흥미롭다는 얼굴로 대꾸했다.

"작금의 이 모든 사달이 태을문의 잘못으로 일어난 일이니까 태을문이 나서서 그들을 깨끗이 정리하겠다 이 말인가요?"

"뭐, 대충 그렇소."

천혜옥은 그제야 우건이 그녀를 만나려 한 이유를 안 듯했다.

"나에게 뭘 원하는 거죠?"

"구룡문에 관한 일은 구룡문이 가장 잘 알 거라 생각하오. 비록 뜻이 달라 갈라져 나오긴 했지만 외부인은 절대 알지 못하는 정보를 갖고 있을 거라 생각하는데, 내 말이 틀렸소?"

천혜옥이 순순히 시인했다.

"당신 말이 맞아요. 우린 소우가 장악한 구룡문에 대한 정보를 상당히 많이 갖고 있어요. 다만, 정보를 이용하기에는 우리 전력이 상대보다 떨어지기에 망설이고 있을 뿐이에요."

우건 역시 천혜옥처럼 상체를 앞으로 당겼다.

"그 정보를 우리에게 넘겨주시오."

눈을 찡긋한 천혜옥이 웃으며 물었다.

"내가 정보를 주면 당신은 우리에게 뭘 줄 수 있죠?"

"평화로운 무림을 주겠소."

우건의 대답을 들은 천혜옥이 깔깔거리며 웃었다.

"평화로운 무림이라니 상상도 못한 대답이군요."

웃음을 그친 천혜옥이 정색하며 말을 이어갔다.

"하지만 내 마음에 쏙 드는 대답이에요. 나 역시 우 소협만큼은 아니지만 세상이 이렇게 된 데에 책임을 통감하던 차였어요. 평화로운 무림을 위해서라면 당연히 협력을 해야죠."

천혜옥의 약속과 함께 회담은 끝났다.

일식집을 떠나기 전, 천혜옥이 불쑥 물었다.

"한데 어떤 방법으로 그 둘을 상잔시킬 건가요?"

"기다리다보면 자연히 알게 될 날이 올 것이오."

"노파심에서 하는 말이지만 그들은 강해요."

"알고 있소."

"그럼 돌아가는 대로 구룡문에 대한 정보를 넘겨줄게요."

말을 마친 천혜옥은 장대철, 명주희와 함께 일식집을 떠났다.

우건 일행 역시 김은이 모는 차에 올라 돌아갈 준비를 마쳤다.

주위를 살펴보던 김은이 뒷좌석으로 고개를 돌리며 물었다.

"미행을 조심하는 게 좋을까요?"

"그렇게 하게."

"알겠습니다."

대답한 김은은 쾌영문으로 바로 돌아가는 대신, 서울 시내를 정처 없이 돌아다니며 따라붙는 자동차가 있는지 살폈다.

다행히 미행은 없는 듯했다.

상대가 자동차 수십 대를 동원할 만큼 방대한 조직이면 또 모르겠지만 우건의 머리에는 그들이 탄 승합차를 중심으로 사방 100미터 안에서 같은 색과 같은 연식, 그리고 같은 번호판을 단 차를 한 번 이상 마주친 기억이 들어 있지 않았다.

안심한 우건 일행은 쾌영문으로 돌아갔다.

돌아가는 차 안에서 최욱이 전음으로 물었다.

-천혜옥을 믿을 수 있겠습니까?

-그녀가 내 비밀을 구룡문에 팔아 버릴 것을 걱정하는 거요?

최욱이 고개를 끄덕이며 대답했다.

-제천회에 팔지도 모릅니다.

-강호엔 귀계가 횡행해 다른 사람을 쉽게 믿지 못하는 게 사실이지만 최소한 내 눈에는 진실을 말하는 것처럼 보였소.

-그렇다면 다행입니다만.

그때였다.

조수석를 차지한 김동이 뒤를 돌아보며 보고했다.

"그쪽에서 지금 막 요청한 정보를 전송해주기 시작했습니다."

"안전한 경로로 온 건가?"

"예, 추적에 쓰는 스파이웨어는 없었습니다."

차가 쾌영문 주차장에 막 도착했을 때, 김동이 다시 보고했다.

"바로 연구실에 돌아가서 건네받은 자료를 검토해보겠습니다."

"수고해주게."

차에서 내린 일행은 각자 처소로 돌아가 그날 밤을 보냈다.

다음 날, 우건은 이른 아침부터 김동의 방문을 받았다.

"살펴본 자료 중에 관심 있어 하실 만한 내용을 추려봤습니다."

"어떤 건가?"

"구룡문이 서울에 거점을 마련한 것 같습니다."

"거점?"

"그렇습니다. 동작구 변두리에 위치한 5층짜리 빈 건물 하나를 은밀히 매입해 구룡문 문도들을 상주시킨 것 같습니다."

김동의 보고를 받은 우건은 김철을 대동한 채 지체 없이 길을 나섰다. 목표는 당연히 김동이 말한 동작구 건물이었다.

구룡문이 매입했다는 건물은 동작구 변두리에 있었다.

근처에 차를 세운 두 사람은 구룡문 건물 정문을 볼 수 있는 작은 카페로 이동해 커피와 케이크를 시켜놓고 대기했다.

우건은 다른 사람의 이목을 끌지 않게 조심하며 구룡문 건물을 관찰했다. 김동이 말한 대로 5층짜리 낡은 건물이었다.

페인트가 군데군데 벗겨져있어 쇠락한 인상을 주었는데 창문마다 두꺼운 암막이 쳐져 있어 안을 들여다볼 방법이 없었다.

김철은 구룡문 건물보다 눈앞에 있는 커피와 케이크에 더 관심이 가는 듯했다. 꽤 양이 많은 케이크 조각 두 개를 게 눈 감추듯 먹어치운 다음, 커피를 세 번이나 리필해 마셨다.

김철은 배를 가득 채운 후에야 구룡문 건물에 관심을 가졌다.

"건물 안에 사람이 있긴 한 걸까요? 우리가 온지 거의 30분이 지났는데 사람은커녕 개미 새끼 하나 보이지 않는군요."

우건은 피식 웃었다.

"호랑이도 제 말하면 온다더니 지금이 딱 그런 상황인 듯하군."

"예?"

"정문을 보게."

김철은 시키는 대로 고개를 돌려 건물 정문을 보았다.

30분 동안 열릴 기미가 전혀 보이지 않아서 본드로 붙여 놓은 줄 알았던 현관문이 열리더니 모자를 쓴 젊은 사내가 밖으로 나왔다. 그는 문 앞에서 주위를 한 차례 살핀 다음, 횡단보도를 건너 거리 북쪽에 있는 편의점으로 들어갔다.

잠시 후, 밖으로 나온 사내의 손에는 편의점에서 산 물건이 한가득 들려 있었다. 담배와 커피, 도시락 등을 산 듯했다.

김철이 실망한 표정으로 고개를 저었다.

"키가 너무 작군요."

김철 말대로 사내는 1미터 70센티미터가 갓 넘는 신장이었다.

우건과 김철은 카페와 당구장, 건물 옥상을 오가며 오후 내내 건물을 관찰했다. 그동안 짧게는 30분에 한 번씩, 그리고 길게는 두 시간에 한 번씩 구룡문 문도로 보이는 사내들이 밖으로 나와 편의점과 슈퍼, 식당, 은행 등을 들렀다.

그러나 김철은 계속 고개를 저었다.

두 번째 사내는 신장은 괜찮았지만 배가 너무 나와 있었다. 그리고 세 번째 사내는 나이가 너무 많았고 네 번째 사내는 신장이 너무 컸다. 마지막으로 본 다섯 번째 사내는 신장, 체격, 나이 다 좋았지만 턱이 뾰족해 후보에서 탈락했다.

김철이 시계의 시간을 확인하며 물었다.

"벌써 아홉시군요. 이제 돌아가는 게 어떻겠습니까?"

"한 명만 더 보고 가세."

한숨을 내쉰 김철이 고개를 끄덕이며 건물 옥상 밖으로 고개를 내밀었다. 차의 전조등과 가게 간판에서 흘러나오는 LED조명이 사방에서 반짝거려 거리는 그렇게 어둡지 않았다.

물론, 우건과 김철 둘 다 어둠에 방해받을 실력은 아니었다.

그때였다.

건물 정문이 열리더니 30대 초반으로 보이는 사내가 걸어

나왔다. 횡단보도 앞에서 주위를 둘러본 사내는 이내 거리 남쪽에 있는 대여점에 들어가 만화책을 몇 권 빌려 나왔다.

우건은 건물로 돌아가는 사내를 선령안으로 자세히 관찰했다.

신장, 체격, 나이 다 완벽했다.

마지막으로 얼굴을 확인했다.

얼굴 역시 특별한 특징이 없어 후보로 적당했다.

우건은 급히 김철의 의향을 물었다.

"자네가 보기엔 어떤가?"

"지금까지 본 사내들 중에서는 그나마 가장 괜찮은 듯합니다."

대답한 김철이 적외선촬영이 가능한 카메라의 셔터를 눌렀다.

"내일 다시 와서 해가 떠있을 때 한 번 더 찍어둬야겠습니다."

"그렇게 하게."

다음 날, 김철은 임재민, 남영준과 함께 건물 앞을 다시 찾아 어제 밤에 마지막으로 보았던 사내가 나오기를 기다렸다.

다행히 그리 오래 기다릴 필요는 없었다.

어제 빌린 만화책을 다 읽은 듯 건물 밖으로 나온 사내가 대여점으로 걸어갔다. 김철, 임재민, 남영준 세 명은 건물

쪽으로 조금 더 접근해 사내의 모습을 다각도에서 촬영했다.

수백 장의 사진을 찍는 데 성공했지만 작업이 다 끝난 것은 아니었다. 어쩌면 가장 중요할지 모르는 작업이 남아 있었다.

김철은 인상이 강하게 남는 스타일어서 임재민, 남영준 두 명이 사내가 걸어오고 있는 건물 쪽으로 천천히 접근해 갔다.

두 사람이 사내 옆을 지나려는 순간.

"어어."

임재민이 발부리에 걸려 넘어지다가 남영준 쪽으로 쓰러졌다. 그리고 남영준은 그런 임재민을 부축하기 위해 손을 뻗다가 사내의 어깨를 건드렸다. 사내는 성격이 불같은 듯했다.

사내는 즉시 남영준의 팔을 잡아 비틀었다.

"이 새끼는 눈깔을 대체 어디다 두고 다니는 거야?"

남영준은 무공을 익혔다는 사실이 밖으로 드러나지 않도록 조심하며 최대한 비굴한 자세로 사내에게 용서를 구했다.

"죄, 죄송합니다."

"운 좋은 줄 알아, 이 개새끼야. 다른 때였으면 너 같은 새끼는 반병신을 만들었을 텐데 내가 시간이 없어서 참는 거야."

사내가 남영준의 턱을 잡은 상태에서 뺨을 몇 번 후려쳤다.

"왜 대답이 없어? 내 말 알아들었어?"

"예, 알아들었습니다."

용서를 비는 남영준을 보며 히죽 웃은 사내가 손을 내밀었다.

"내놔."

남영준이 눈을 깜박거리며 물었다.

"예?"

"사람을 때렸으면 당연히 치료비부터 줘야 하는 거 아니겠어?"

남영준과 임재민은 지갑에 든 돈을 꺼내 두 손으로 바쳤다.

"여, 여기 있습니다."

돈을 낚아챈 사내가 남영준의 얼굴에 침을 퉤 뱉었다.

"꼴도 보기 싫으니까 얼른 꺼져!"

남영준은 얼굴에 묻은 침을 닦으며 임재민과 함께 도망치듯 자리를 빠져나왔다. 거리를 얼마쯤 벌렸을 때, 임재민이 급히 손수건을 꺼내 남영준에게 건넸다. 남영준은 얼굴에 남은 침을 닦으며 사내가 들어간 건물을 잠시 노려보았다.

임재민이 위로했다.

"곧 보란 듯이 복수할 수 있을 겁니다. 마음 쓰지 마십시오."

화를 가라앉힌 남영준이 임재민에게 물었다.

"녹음은?"

임재민이 주머니에서 녹음기를 꺼내 재생시켰다.

조금 전에 그들이 사내와 나눈 대화가 모두 녹음되어 있었다.

"다 된 것 같습니다."

"그럼 이제 돌아가자."

두 사람은 숨어서 지켜보던 김철과 합류해 쾌영문으로 향했다.

쾌영문에 도착한 세 사람은 김동과 함께 그들이 낮에 촬영한 사진과 영상, 그리고 녹음한 목소리로 작업을 시작했다.

김동은 녹음된 사내의 목소리를 음성변조기계에 넣었고 김철은 낮에 촬영한 사진과 영상을 보며 인피면구를 제작했다.

다음 날, 우건은 김철이 만든 인피면구를 얼굴에 덮어쓴 상태에서 김동이 만든 음성변조기계를 성대에 달아 위장을 마쳤다.

위장을 다 마친 후에는 구룡문이 서울에 만든 거점으로 향했다.

이제 본격적으로 손바닥이 서로 부딪치게 만들어야 할
때였다.

5장. 위장(僞裝)

　　그들이 점찍어둔 사내는 만화광이 분명했다.

　　그게 아니면 상관이나 선배가 만화를 빌려오라 시키는
듯했다.

　　우건 일행이 구룡문 건물 근처 골목에 차를 막 세웠을 때
였다.

　　반대편 카페에서 건물을 감시하던 김동이 연락을 보내왔
다.

　　-놈이 나왔습니다.

　　우건은 이어셋에 달린 마이크로 물었다.

　　-어디로 가는 중인가?

-만화방입니다.

우건은 운이 좋다는 생각을 하였다.

그들이 차를 세운 골목이 마침 만화방과 붙어 있었던 것이다.

그때였다.

뒷좌석에 있던 남영준이 조수석 쪽으로 머리를 내밀며 물었다.

"놈을 낚는 일을 저에게 맡겨주실 수 없겠습니까?"

남영준의 표정이 꽤 간절해보였기에 우건은 흔쾌히 승낙했다.

우건의 허락을 받은 남영준은 마치 세상을 전부 얻은 사람처럼 기뻐하며 차에서 내려 어두운 골목으로 걸어 들어갔다.

그로부터 30초쯤 흘렀을 때였다.

김동의 보고대로 그들이 점찍은 사내가 담배를 피우며 거리 반대편에서 터벅터벅 걸어오다가 만화방 안으로 들어갔다.

우건은 이어셋 마이크로 지시를 내렸다.

-그가 곧 나올 걸세. 준비하게.

-알겠습니다.

대답하는 남영준의 목소리가 왠지 모르게 들떠 있다는 느낌을 받았지만 그리 어려운 일은 아니었기에 걱정하지 않았다.

짤랑!

만화방 문에 달아둔 전자식 차임벨 소리가 들리는 순간, 사내가 만화책이 가득 든 검은색 봉지를 양손에 든 채 나타났다.

승합차 조수석에서 그 모습을 본 우건은 쓴웃음을 지었다. 무인이라면 절대 하지 말아야 할 행동을 하고 있는 것이다.

무인은 언제든 출수할 수 있게 항상 준비해 두어야 했다. 그래야 적이 기습해왔을 때 재빨리 대처할 수 있는 것이다.

한데 사내는 양 손에 비닐봉지를 들고 있었다.

사내가 각법의 고수라면 모르겠지만 그게 아니라면 양손을 묶은 상태에서 거리를 걸어 다니는 행동이나 마찬가지였다.

사내가 남영준이 숨은 골목 앞을 막 지나려는 순간.

골목 안에서 걸어 나온 남영준이 어깨로 사내 팔을 툭 쳤다.

꽤 세게 부딪친 듯 사내의 손에 들려 있던 검은색 봉지가 바닥으로 떨어지며 그 안에 든 만화책이 인도를 굴러다녔다.

남영준은 그 모습을 1, 2초쯤 지켜보다가 골목으로 돌아갔다.

인상을 있는 대로 구긴 사내가 휙 돌아서며 남영준을 불렀다.

"야!"

걸음을 멈춘 남영준이 짜증이 가득 담긴 목소리로 되물었다.

"왜?"

사내는 남영준의 태도에 화를 내지 않았다. 사내의 눈에는 일반인이 겁도 없이 시비를 거는 상황처럼 느껴졌을 것이다.

즉, 화가 나기보다는 가소롭기 짝이 없었던 것이다.

그때였다.

만화방 간판이 쏟아내는 불빛 덕분에 남영준의 얼굴이 살짝 드러났다. 사내의 눈에 잔인한 살기가 떠올랐다. 며칠 전 길거리에서 부딪쳤던 남영준의 얼굴을 용케 기억한 것이다.

"흐흐, 넌 그때 그놈이구나."

"생긴 거와 다르게 기억력은 꽤 좋군. 맞아. 며칠 전에 너랑 부딪쳤다가 뺨도 맞고 돈도 빼앗겼던 그 멍청한 사람이야."

사내가 이를 부드득 갈았다.

"그렇지 않아도 네놈 상판대기가 영 마음에 들지 않아 다시 만나면 싹 갈아엎어줘야겠단 생각을 했는데 마침 잘

만났군."

남영준은 콧방귀를 뀌었다.

"흥, 할 수 있으면 해보시지."

대꾸한 남영준은 골목 안으로 달려갔다.

사내는 신법을 펼쳐 골목 안으로 사라진 남영준을 쫓아 갔다.

"너 이 새끼, 오늘 제대로 임자 만난 줄 알아!"

골목으로 뛰어든 사내는 살기가 철철 넘쳐흐르는 안광 (眼光)으로 짙은 어둠에 잠겨 있는 골목 안쪽을 샅샅이 훑 어갔다.

그때였다.

"병신."

읊조리는 것처럼 나지막한 중얼거림이 머리 위에서 들려 왔다.

소리가 들려온 방향으로 급히 고개를 든 사내는 남영준 이 주택의 담장 위에 오연한 표정으로 서 있는 모습을 발견 했다.

"이 새끼가!"

소리친 사내가 담장 위로 몸을 날리며 주먹을 냅다 휘둘 렀다.

권법을 익힌 듯했다.

사내의 주먹이 남영준의 가슴에 채 닿기 전에 옷자락이

먼저 찢어질 듯 펄럭였다. 그러나 사내는 상대를 잘못 골랐다.

담장 위에서 훌쩍 뛰어내린 남영준이 사내가 휘두른 주먹을 향해 어깨를 부딪쳐갔다. 철산벽의 견검이란 초식이었다.

남영준의 어깨와 사내의 주먹이 부딪치는 순간.

콰직!

소름끼치는 소리가 나더니 사내의 주먹이 뒤로 홱 꺾였다. 고통을 느낀 사내가 비명을 지르려 할 때, 밑으로 내려온 남영준이 재빨리 팔꿈치를 휘둘러 사내의 관자놀이를 찍었다.

이 역시 철산벽의 관도라는 초식이었다.

관자놀이를 제대로 얻어맞은 사내는 술을 잔뜩 마신 취객처럼 비틀거리다가 골목 벽에 등을 기대며 천천히 쓰러졌다.

마음 같아선 더 혼쭐을 내주고 싶은 생각이 굴뚝같았지만 사내를 엉망으로 만들어놓으면 그 다음 작업이 힘들어졌다.

남영준은 기절한 사내를 골목 근처에 세워둔 승합차에 실었다.

남영준이 사내를 처리하는 사이, 차에서 내린 김은은 길바닥에 굴러다니던 만화책을 다시 봉지에 담아 흔적을 없앴다.

뒷좌석으로 넘어간 우건은 사내의 혈도를 가볍게 가격했다.

정신이 돌아오기에 충분한 충격이었던 모양이었다. 사내가 몸을 뒤척이며 눈을 떴다. 그러나 사내는 눈을 뜨는 순간, 차라리 기절해 있을 때가 더 좋았단 생각이 들기 시작했다.

사내의 눈앞에 그와 똑같이 생긴 사람이 앉아 있었던 것이다.

마치 거울을 마주한 듯한 기분이었다.

사내가 귀신을 본 사람처럼 소스라치게 놀라 물었다.

"너, 넌 뭐야?"

우건은 고개를 저었다.

"지금은 내 정체를 알아내는 일보다 어떻게 하면 여기서 무사히 빠져나갈 수 있을지 궁리하는 게 더 이로운 판단일 것이오."

우건의 조언 아닌 조언이 그를 정신 차리게 해준 모양이었다.

우건 말대로 우건의 정체를 알아내는 일보다는 여기서 어떻게 하면 무사히 빠져나갈 수 있을지 궁리하는 게 급선무였다.

목숨이 제일 소중한 법이니까.

사내가 더듬거리며 물었다.

"내, 내가 어떻게 하면 살 수 있습니까?"

"당신이 누군지 나에게 자세히 알려주시오. 그럼 살려주겠소."

"내, 내가 누군지 말입니까?"

"그렇소."

"서, 설마?"

사내는 마침내 우건이 무엇을 하려는지 깨달은 듯했다.

사내의 얼굴과 똑같은 얼굴을 한 사람이 있다는 뜻은 곧 그로 위장해 구룡문에 침투하려는 것이나 마찬가지인 것이다.

눈알을 정신없이 굴리던 사내가 불쑥 물었다.

"정말 살려주긴 하는 겁니까?"

"당신들은 어떻게 하는지 모르지만 우린 약속을 지키는 쪽이오."

결심한 듯 사내는 그가 아는 정보를 모두 털어놓았다.

시계를 보던 우건은 고개를 끄덕였다.

벌써 10분이나 지나 있었다.

사내가 돌아오지 않으면 건물에 있는 동료들이 그를 찾아 나설 가능성이 있었다. 더 늦기 전에 작전을 시작해야 했다.

우건은 무영무음지로 사내의 수혈을 짚었다.

사내는 앉은 자세 그대로 머리를 숙이며 코를 골기 시작했다.

김은이 잠이 든 사내를 보며 물었다.

"이자는 어떻게 처리할까요?"

"특무대 진이연 팀장에게 연락해 그를 데려가라고 하게. 이번 작전을 마칠 때까지는 외부와 연락하는 일이 없어야 하니까."

"알겠습니다."

우건은 김동이 성대에 붙여준 마이크를 시험 삼아 켜보았다.

"내 목소리 잘 들리나?"

그 순간, 우건의 입에서 다른 사람의 목소리가 흘러나왔다. 성대 마이크가 우건의 목소리를 다른 목소리로 바꿔준 것이다.

김은과 남영준이 성대 마이크를 신기한 듯 바라보며 대답했다.

"예, 잘 들립니다."

"목소리는 어떤가? 그와 똑같은가?"

김은이 고개를 열심히 끄덕였다.

"똑같습니다. 그를 잘 아는 사람에게는 어떨지 모르겠지만 저희들이 듣기에는 놈의 목소리와 거의 흡사하게 들립니다."

만족한 듯 고개를 끄덕인 우건은 김은, 남영준과 눈을 한 차례 맞춘 다음, 승합차 뒷문을 열어 밖으로 나왔다. 그런 우건의 손에는 사내가 빌린 만화책이 한보따리 들려 있었다.

　우건이 위장한 사내의 이름은 조형민(趙形敏)이었다.

　조형민은 올해 서른세 살이었다. 고향은 대전이었는데 사생아인 탓에 생모에게 버려져 10살 때까지 고아원을 전전했다.

　멀쩡한 부모가 애지중지하는 자식을 정체가 불확실한 무림 문파에 입문시킬 리 만무한 탓에 구룡문은 고아나, 가출 학생을 잠자리나, 먹을 것으로 유혹해 강제로 입문시켰다.

　매번 고아원에서 나이 많은 형들에게 맞고 지냈던 조형민은 끊이지 않는 폭력에서 벗어나기 위해 구룡문에 입문했다.

　조형민으로 위장한 우건은 건물 정문 앞에서 잠시 숨을 골랐다.

　김동의 예측대로 우건이 지금 들어가려는 이 건물은 구룡문이 서울에 마련한 첫 번째 거점이었다. 구룡문은 이 건물을 전진기지 삼아 제천회의 정보를 수집하는 중인 것이다.

　이 건물에 있는 구룡문의 문도는 두 부류로 나눌 수가 있었다.

첫 번째는 조형민처럼 무력을 담당하는 부류였다. 쉽게 말해 구룡문 안에서 힘 좀 쓴다 하는 문도 20여 명이 5분대기조처럼 언제든 출동할 수 있는 준비를 마친 상태로 대기했다.

두 번째는 제천회의 정보를 수집하는 정보조직이었다. 그들은 무공이 좀 약한 대신에 눈치가 빠르거나, 머리가 잘 돌아가는 문도들이었다. 한데 조형민에 따르면 제천회가 워낙 철두철미한 탓에 성과를 거의 거두지 못하는 중인 듯했다.

사실, 우건이 제천회의 정보를 얻을 수 있었던 것은 순전히 운이라 봐야 했다. 그리고 그 운에 김동이란 위저드급 해커를 더한 다음에야 제천회의 보안망을 간신히 뚫을 수 있었다.

반면, 운과 위저드급 해커가 없는 구룡문으로서는 제천회의 정보를 알아내는 일이 서울에서 김 서방을 찾거나, 모래사장에서 바늘을 찾을 확률과 크게 다르지 않을 것이다.

그러나 조형민으로 위장한 우건이 구룡문에 가세하는 지금부터는 지지부진한 진행상황에 탄력이 붙을 게 틀림없었다. 위저드급 해커는 없지만 운은 앞으로 확실히 따를 테니까.

물론, 그게 행운인지 불운인지는 좀 더 지켜봐야 알 것이다.

우건은 인터폰에 얼굴이 잘 나오게 바짝 붙어 벨을 눌렀다.

들킬 거라면 아예 지금 들키는 게 나았다.

김철이 만든 인피면구에 하자가 있다면 여기서 바로 들킬 테고 완벽하다면 얼굴을 보여주는 순간, 문이 열릴 것이다.

다행히 곧 철컥하는 소리가 나며 문이 열렸다.

김철이 만든 인피면구가 지금까지는 거의 완벽하단 뜻이었다.

우건은 열린 문 안으로 들어가 건물 내부를 빠르게 살폈다.

사무실인 듯했다.

낡은 책상과 테이블, 소파 등이 눈에 들어왔다.

그때였다.

통유리로 만든 회의실 안에서 얼굴이 길쭉한 사내가 나왔다.

"얌마, 시킨 지가 언젠데 꾸물거리다가 지금 기어들어와? 왜? 만화방에 만화책이 없대? 없대서 직접 그리느라 늦었어?"

우건은 조형민이 건넨 정보를 통해 방금 그를 혼낸 사내의 이름이 이준만(李俊萬)이란 사실을 어렵지 않게 알아냈다.

우건은 바로 고개를 숙였다.

"죄송합니다."

"됐고. 만화책이나 빨리 내놔."

우건은 양손에 든 만화책을 이준만에게 공손히 건넸다.

만화책을 받은 이준만은 그대로 다시 회의실로 들어가 버렸다.

그와의 대화를 통해 우건은 한 가지 사실을 더 알 수 있었다.

얼굴뿐 아니라 목소리까지 통한단 사실이었다.

긴장했던 우건은 마음이 좀 더 놓이는 것을 느꼈다.

누군가의 심부름을 자주 한단 말은 조직에서 서열이 낮단 사실을 의미했다. 우건이 위장한 인물이 서열이 높은 사람이었다면 본인을 드러내야 하는 경우가 많아 위장하기 어려웠을 텐데 다행히 조형민은 심부름할 때나 이름이 불려졌다.

우건은 조형민이 언급한 두 번째 사람, 즉 임태수(任太壽)를 찾아다녔다. 임태수는 조형민과 별로 친하진 않지만 문파 내 서열은 거의 비슷했다. 즉, 임태수를 따라다니며 같이 행동하면 다른 문도의 의심을 최대한 피할 수가 있는 것이다.

임태수는 문파 안에서 서열이 낮은 문도들이 주로 머문다는 건물 5층 꼭대기에 있었다. 눈썹 위에 커다란 사마귀가 있어 쉽게 알아볼 수 있었다. 칼을 손질하던 임태수는 우건에게 왔냐는 듯 고개를 살짝 끄덕인 다음, 하던 일을 계속했다. 그 역시 조형민이 우건이란 사실을 알아보지 못했다.

우건은 그때부터 임태수와 함께 행동했다.

임태수가 자면 자고 임태수가 밥을 먹으러 가면 같이 먹으러 갔다. 임태수와 유일하게 떨어져 있는 시간은 상관이나 선배의 심부름을 할 때였다. 임태수는 주로 담배와 주전부리를 사러 나갔고, 우건은 만화책과 소설책 등을 빌려왔다.

그렇게 이틀을 보냈을 때였다.

우건에게 첫 시련이 닥쳐왔다.

건물에 있는 구룡문 문도 30여 명이 1층 대회의실에 모여 무공을 수련하기 시작한 것이다. 우건은 당연히 구룡문 무공을 배운 적이 없어 시연하는 순간, 들킬 게 뻔했다.

우건이 아무리 천재여도 옆 사람이 펼치는 무공을 보면서 바로 따라 하기는 쉽지 않았다. 물론, 시간이 어느 정도 주어진다면 따라 할 수 있을 테지만 지금은 그럴 시간이 없었다.

우건이 이 위기를 어떻게 넘겨야하나 고민할 때였다. 자세를 잡은 문도들이 권법으로 보이는 무공을 펼치기 시작했다.

한데 구룡문 문도라면 다 익혀야 하는 기본무공인 듯했다.

권법과 장법을 주 무기로 하는 사람은 물론이거니와 검과 도를 쓰는 문도조차 권법을 아주 능숙하게 펼쳤던 것이다.

우건은 옆 사람이 펼치는 권법을 최대한 비슷하게 따라 해 보려 노력했다. 그러나 하류잡배의 눈은 피할 수 있을지 몰라도 고수의 눈을 피할 수 없었다. 실제로 수련을 지도하는 사범 중 하나가 고개를 갸웃거리며 우건 쪽으로 다가왔다.

이제 들키는 것은 시간문제였다.

그때였다.

그가 흉내 내는 권법이 어딘지 모르게 눈에 익었다.

아니, 눈에 익다기보다는 익숙하다는 표현이 더 맞을 듯했다.

구룡문도가 펼치는 권법의 정체가 바로 설악권법이었던 것이다.

초식의 투로가 조금 바뀌긴 했지만 바탕은 설악권법이 분명했다. 구룡문 출신인 무정도 고월이 십자도법을 펼치고 역시 구룡문 출신인 무언객 최욱이 철무조화련이란 명칭으로 바뀐 철산벽을 수련했던 것처럼, 이들 역시 태을문의 기본 권법에 해당하는 설악권법을 수련하고 있었던 것이다.

이는 구룡문의 시작을 알면 그리 이상한 일이 아니었다.

소우, 강익, 천혜옥 세 명은 송대길이 갖고 있던 태을문의 불완전한 비급을 이용해 구룡문을 세웠기에 이들이 태을문 기본무공에 해당하는 설악권법을 아는 게 어쩌면 당연했다.

태을문이 입문무공에 해당하는 오악령으로 문도의 기초를 잡았듯이 가짜 태을문이라 할 수 있는 구룡문 또한 오악령과 비슷한 무공으로 문도의 기초를 잡아주고 있었던 것이다.

우건은 재빨리 설악권법을 펼치기 시작했다.

그의 손에서 백설만천, 비룡질풍, 승룡쟁천과 같은 설악권법 초식이 쏟아져 나오는 순간, 고개를 갸웃거리며 다가오던 사범의 눈이 점점 커져갔다. 권법을 잘 모르는 사람처럼 어설프게 무공을 시연하던 우건이 갑자기 사범보다 뛰어난 권법을 펼치는데 이상하게 여기지 않을 사람이 없었다.

권법 수련을 마쳤을 때, 사범이 다가와 물었다.

"너 이름이 뭐였지?"

"조형민입니다."

"삼도권(三道拳)에 대한 이해가 뛰어나더군. 누구에게 배웠나?"

우건은 재빨리 기억을 더듬어 대답했다.

"윤 사범(尹師範)님에게 배웠습니다."

"윤준택(尹俊宅) 그 친구가 아주 훌륭한 문도를 키워냈 구먼. 앞으로 관심 있게 지켜볼 테니까 열심히 수련하도록 하게."

우건은 즉시 머리를 숙였다.

"감사합니다."

우건의 어깨를 두어 번 두드린 사범이 연무장을 빠져나 갔다.

수련이 끝난 후, 문도 몇 명이 우건을 못마땅한 시선으로 쳐다보았다. 사범에게 칭찬받은 일에 질투를 느끼는 듯했 다.

우건은 쓴웃음이 나왔지만 겉으로 내색하지는 않았다.

태을문 오악령을 극성까지 연마한 우건이 가짜 태을문에 서 가짜 오악령을 가르치는 무공 사범에게 권법 실력으로 칭찬을 받았다는 사실이 아이러니하게 느껴진 것이다.

이를테면 진짜가 가짜에게 칭찬을 받은 셈이었다.

나중에 안 사실이지만 구룡문은 태을문 오악령을 구룡문 오봉무(五峰武)라는 이름으로 바꾸어 문도들에게 가르쳤 다.

예를 들어 우건이 방금 시범보인 설악권법은 삼도권법으 로, 백두심공은 천왕심공(天王心功)으로, 한라검법은 반야 검법(般若劍法)이라는 이름으로 각각 바꾸어 부르고 있었 다.

구룡문을 처음 세운 지역이 지리산이었던 탓에 지리산의 봉우리 이름에서 착안해 오봉무란 이름으로 바꾼 모양이었다.

구룡문에 잠입한 지 사흘째 되던 날, 우건은 일월보를 펼쳐 3층으로 내려갔다. 3층에는 서울 조직을 이끄는 참사도(斬死刀) 국성필(國成珌)의 집무실이 있었다. 계단을 이용해 밑으로 내려온 우건은 고개를 내밀어 3층 내부를 쓱 훑었다.

복도와 가장 먼 곳에 국성필의 집무실이 있었다. 그리고 문에는 무기를 지닌 구룡문 문도 두 명이 경계를 서는 중이었다.

우건은 저 둘이 다는 아닐 거라 생각했다.

출입이 자유롭지 못한 건물 내부라고는 하지만 한 조직의 수장을 달랑 두 명이 지킬 가능성은 높지 않았다. 우건은 기파를 방출했다. 곧 우건이 방출한 기파가 레이더 전파처럼 문 뒤에 숨어 경계를 서는 문도 두 명을 더 감지해냈다.

즉, 총 네 명이 국성필을 호위하는 중이었다.

우건은 국성필의 집무실에 들어갈 수 있는 방법을 궁리했다.

그러나 단번에 떠오르는 생각이 없었다. 그렇다고 문을 지키는 경호원을 제거하기 위해 몸을 드러낼 순 없는 노릇이었다.

국성필의 집무실에 몰래 잠입하는 것은 우건이 이 건물에 잠입할 때 처음 세운 두 가지 목표 중에 하나였다. 두 번째 목표까지 마저 성공하기 위해선 아직 들킬 때가 아니었다.

우건은 고민 끝에 1층으로 내려왔다.

너구리처럼 굴에 틀어박힌 짐승을 밖으로 끌어내는 방법은 크게 두 가지였다. 첫 번째는 굴에 물을 붓는 방법이었다. 물속에서 숨을 쉬지 못하기에 밖으로 나올 수밖에 없었다.

두 번째는 굴 입구에 불을 지르는 방법이었다. 연기가 굴 안을 가득 채우면 숨을 쉬기 위해 밖으로 뛰쳐나올 것이다.

굴에 물을 부울 방법은 없는 탓에 자연히 두 번째 방법으로 넘어갔다. 우건은 지하 1층에 있는 보일러실에 잠입했다.

보일러실 안에는 인화성 물질이 곳곳에 널려 있어 불을 지르기가 수월했다. 보일러에 불을 붙이면 1시간이 채 걸리지 않아 5층 건물 전체를 새카맣게 태워버릴 가능성이 높았다.

하지만 너구리를 나오게 하려는 거지, 태워 죽이려는 게 아니었다. 우건은 삼매진화로 보일러실 배전반에 불을 질렀다.

곧 스파크가 사방으로 튀며 회색 연기가 피어올랐다.

불을 지른 우건은 은신한 상태에서 1층으로 다시 올라왔다.

곧 지하실을 가득 채운 연기가 1층으로 스멀스멀 올라왔다. 우건은 숨어서 1층을 지키는 문도들이 반응하길 기다렸다.

다행히 오래 기다릴 필요가 없었다.

담배를 피며 잡담하던 문도 하나가 코를 쿵쿵거리며 물었다.

"어디서 타는 냄새 안 나냐?"

옆에 있는 동료가 같이 코를 쿵쿵거리다가 되물었다.

"사형이 피는 담배 냄새 아닐까요?"

담배를 피던 문도가 되물은 문도의 뒤통수를 냅다 후려 갈겼다.

"전선 타는 냄새랑 담배 태우는 냄새가 어떻게 같냐?"

담배를 재떨이에 비벼 끈 문도가 벌떡 일어나 지시를 내렸다.

"불이 더 번지기 전에 어디서 난 건지 빨리 찾아봐!"

"예!"

대답한 문도들이 1층 여기저기를 뒤져 불이 난 곳을 찾았다.

그들은 곧 지하실에서 올라오는 연기를 발견했다.

"지하실입니다! 지하실에서 연기가 올라옵니다!"

담배피던 문도가 부하들에게 지시했다.

"혹시 모르니까 누가 가서 대주(隊主)님께 보고해라! 그리고 다른 사람들은 소화기를 가져와서 지하실에 난 불을 끄고!"

"알겠습니다!"

연락을 맡은 문도 하나가 계단으로 뛰어올라갔다.

숨어 있던 우건은 그 뒤를 몰래 따라갔다.

지하실에 불이 났단 말을 들은 듯 위층에 있던 문도들이 엘리베이터와 계단을 이용해 1층으로 내려가느라 정신없었다.

우건이 몰래 따라가던 문도는 3층 집무실로 곧장 직행해 지하실에 불이 났단 소식을 문을 지키는 동료들에게 전달했다.

그때였다.

벌컥!

집무실 문이 열리며 40대로 보이는 중년 사내가 밖으로 나왔다.

눈빛이 전깃불을 켜놓은 것처럼 형형한 게 절정고수인 듯했다.

우건은 중년 사내에게 들키지 않기 위해 은신한 상태에서 호흡을 잠시 멈췄다. 중년 사내가 바로 참사도 국성필이었다.

국성필이 문도들에게 화를 내며 소리쳤다.

"평소에 관리를 대체 어떻게 했기에 불이 난단 말이냐?"

"죄, 죄송합니다."

"에이, 쓸모없는 놈들."

혀를 끌끌 찬 국성필은 문도들과 함께 엘리베이터로 이동했다.

그때, 집무실 문 뒤를 지키던 문도 두 명이 국성필을 호위하기 위해 밖으로 나왔다. 엘리베이터로 가려다가 그 모습을 본 국성필이 다시 한 번 불같이 화를 내며 고함을 질렀다.

"멍청한 놈들! 나를 다 따라오면 집무실은 누가 지켜?"

문 뒤를 지키던 문도 한 명이 즉시 머리를 숙였다.

"생각이 짧았습니다. 제가 남아 집무실을 지키겠습니다."

문도 한 명을 남겨 빈 집무실을 지키게 한 국성필은 나머지 문도들과 함께 엘리베이터에 탑승해 지하 1층으로 내려갔다.

엘리베이터가 내려가는 모습을 확인한 우건은 일월보를 펼친 상태에서 집무실 문 쪽으로 걸음을 옮겼다. 집무실을 지키기 위해 남은 문도는 다행히 문 밖에 나와 경계 중이었다.

그가 원래 지키던 자리인 문 안에 있었다면 일이 어려워질 뻔했지만 다행히 문 밖에 나와 있어 좋은 기회가 찾아왔다.

가구 뒤에 몸을 숨긴 우건은 집무실 문 반대편에 놓여 있는 커튼을 향해 무음무영지를 발출했다. 지력이 커튼을 치는 순간, 마치 바람이 분 것처럼 커튼이 좌우로 크게 펄럭였다.

유리창을 닫아두었기에 커튼이 흔들릴 이유가 없었다.

누가 보더라도 이상한 광경이었다. 문을 지키던 문도가 좌우를 경계하며 방금 펄럭인 커튼 쪽으로 천천히 걸음을 옮겼다.

문도가 문 앞을 비우길 기다리다가 그 앞으로 걸어간 우건은 틈이 생기는 순간, 재빨리 문고리를 돌려 문을 열었다.

문도는 여전히 커튼 쪽으로 걸어가는 중이었다.

우건은 집무실로 들어가기 전에 문도의 혼을 더 빼놓을 목적으로 재차 무음무영지를 발출해 커튼이 흔들리게 만들었다.

마치 귀신이 농간을 부린 것 같은 광경이었다.

겁을 잔뜩 집어먹은 문도가 제멋대로 움직이는 커튼에 넋이 나가 있는 사이, 우건은 집무실 안으로 들어가 문을 닫았다.

잠시 문 밖의 동정에 귀를 기울인 우건은 들키지 않았다는 사실을 확인하기 무섭게 집무실 안을 재빨리 훑어보았다.

벽에 페인트칠을 전혀 하지 않은 탓에 시멘트 특유의 암울한 회색으로 가득한 공간에 철제 책상과 의자만 놓여 있었다.

우건은 책상 앞으로 걸어갔다.

우건에게 필요한 두 가지 장비가 책상에 사이좋게 놓여 있었다.

바로 국성필이 소유한 노트북과 휴대전화였다.

우건은 김동이 준 USB를 노트북에 연결해 스파이웨어를 심었다. 스파이웨어 덕분에 앞으로 국성필이 이 노트북으로 하는 모든 작업을 김동이 실시간으로 받아볼 수 있을 것이다.

노트북을 해킹한 우건은 휴대전화를 집어 들었다.

휴대전화가 신형인 탓에 새끼손톱보다 작은 유심카드를 꺼내는데 꽤 애를 먹었지만 어쨌든 카드를 분리하는 데 성공했다.

우건은 김동이 준 복제 장치를 꺼내 유심카드를 복사한 다음, 복제한 유심카드를 다시 국성필의 휴대전화에 집어넣었다.

이리하여 국성필의 노트북과 휴대전화 두 개를 완벽히

해킹하는데 성공했다. 우건은 복도에 있는 엘리베이터가 거친 금속음을 내며 올라오는 소리를 듣고 문 쪽으로 걸어갔다.

어쩌면 지금이 작전 성패에 있어 가장 중요한 순간일지 몰랐다.

여기서 무사히 빠져나가지 못한다면 애써 해킹한 게 소용없어지는 것이다. 자기 집무실에 침입자가 들어왔었다는 사실을 아는 순간, 노트북과 휴대전화를 없애려들 것이 분명했다.

우건은 신형을 감춘 상태에서 문이 열리기를 조용히 기다렸다.

잠시 후, 집무실 쪽으로 걸어오는 발자국 소리가 들렸다.

발자국 소리 중에 두 개는 꽤 큰 소리가 났지만 하나는 거의 들릴락 말락 했다. 앞의 두 개는 일반 문도의 것으로 보였고 거의 들릴락 말락 하는 발소리는 국성필의 것으로 보였다.

우건은 문고리가 돌아가는 모습을 보며 숨을 잠시 멈추었다.

이윽고 문이 열리며 국성필이 먼저 안으로 들어왔다. 뒤이어 문도 두 명이 국성필을 따라 집무실 안으로 걸음을 옮겼다.

우건이 들키지 않은 상태에서 집무실을 빠져나가려면

마지막에 들어온 문도가 문을 닫기 전에 조용히 빠져나가
야 했다.

우건이 막 걸음을 옮기려할 때였다.

국성필이 갑자기 멈춰 섰다.

뭔가 이상하단 느낌을 받은 듯 미간을 잔뜩 찌푸린 국성
필이 안을 둘러보다가 집무실을 지키던 문도 쪽을 보며 물
었다.

"내가 내려가 있는 동안, 이상한 일 없었어?"

문도가 움찔하며 되물었다.

"어떤 이상한 일 말입니까?"

"평소와 다른 일 말이야."

긴장한 듯 침을 꿀꺽 삼킨 문도가 주저하다가 입을 떼었
다.

"커튼이 몇 번 펄럭였습니다."

"커튼이?"

"예."

돌아선 국성필이 펄럭거렸다는 커튼 쪽을 유심히 바라보
았다.

한데 그 순간, 누구도 예상하지 못한 일이 일어났다.

국성필이 갑자기 우건이 숨은 장소에 장력을 발출한 것
이다.

우건은 전혀 예상하지 못한 상황이었기에 급히 몸을 날려

피했다. 신법을 펼치면 신형이 드러나기에 다른 방법이 없었다.

콰앙!

장력이 벽을 때리며 먼지와 하얀 돌가루가 우수수 쏟아졌다.

국성필이 다시 한 번 장력을 날리려는 순간.

휴대전화가 시끄러운 벨소리를 내며 울리기 시작했다.

국성필은 장력을 다시 날릴지, 아님 전화를 받을지 고민하는 듯했다. 문도 두 명은 국성필이 갑자기 허공에 장력을 발출하는 바람에 엄청나게 놀란 듯 석상처럼 잔뜩 굳어 있었다.

"흐음."

그때, 들어 올린 손을 천천히 내린 국성필이 책상 쪽으로 걸어가 전화를 받았다. 그제야 긴장을 푼 문도가 문을 닫았다.

한편, 우건은 등 뒤에서 닫히는 집무실 문을 바라보며 속으로 안도의 숨을 내쉬었다. 방금 전에는 정말 깜짝 놀랐다.

펄럭거렸던 커튼을 지켜보는 자세로 서 있던 국성필이 갑자기 팔을 옆으로 뻗어 강맹하기 짝이 없는 장력을 발출했다.

우건이 국성필의 행동을 계속 예의주시하지 않았다면

피하기 어려웠을 정도로 갑작스런 기습이었다. 운 좋게 신법을 전개하지 않은 상태에서 가까스로 국성필의 장력을 피하는 데 성공했지만 등골이 서늘해지는 순간이 아닐 수 없었다.

장력을 피한 우건은 국성필이 휴대전화를 받기 위해 책상 쪽으로 걸어가는 틈을 노려 재빨리 집무실을 나왔다. 막 집무실을 나왔을 때, 등 뒤에서 문이 쿵 소리를 내며 닫혔다.

그야말로 가슴을 쓸어내릴 법한 상황이었다.

어쨌든 목표한 바를 이룬 우건은 두 번째 목표를 위해 움직였다. 두 번째 목표는 첫 번째보다 신중할 필요가 있었다.

두 번째 목표야말로 작전이 성공하기 위한 열쇠였던 것이다.

조형민에 따르면 구견대(拘犬隊)가 참사검 국성필이 이끄는 이 조직의 명칭이었다. 글자를 우리말로 풀면 개를 잡는 조직이란 뜻인데 여기서 개란 당연히 제천회를 의미했다.

그리고 구견대 밑에는 두 개의 조직이 있었다. 무력을 담당하는 조직인 타구조(打狗組)와 정보관련 일을 담당하는 후오조(嗅汚組)였다. 우건이 위장한 조형민은 타구조에 속했다.

우건이 이 두 번째 목표를 달성하기 위해서는 후오조 조원에게 접근할 필요가 있었다. 한데 접근할 기회가 좀처럼 찾아오지 않았다. 후오조 조원들은 수시로 건물을 출입하지만 조형민이 속한 타구조 조원들은 밖으로 나가지 못했다.

편의점이나, 만화방에 가는 게 아니라면 허락을 받아야 했다.

그렇다고 후오조 조원이 건물에 머무를 때 접근하자니 주변에 지켜보는 눈이 너무 많아 역시 쉽지 않았다. 지금으로선 밖에 있을 때 접근하는 방법 외에 다른 방법이 없었다.

우건은 궁리 끝에 쓸 만한 방법을 하나 찾아냈다. 후오조 조원들이 복귀했다는 소문을 들은 우건은 엘리베이터에 탔다.

후오조 조원들은 의식주를 4층에서 따로 해결하는 탓에 타구조 조원들과 부딪칠 일이 없었다. 그러나 그들과 한자리에 있을 수 있는 데가 딱 하나 있었는데 바로 엘리베이터였다.

무공을 익히면 계단 몇 십 개쯤 오르는 거야 우습게 여길 거라 생각하지만 이 세상에 편한 방법을 마다할 사람은 없었다.

무인 역시 마찬가지였다.

건물 엘리베이터는 멈춰 있을 때보다 움직일 때가 더 많았다.

우건은 1층으로 내려갈 핑계거리가 생길 때마다 지체 없이 엘리베이터를 이용했다. 결국, 세 번째 시도 만에 후오조 조원과 한 엘리베이터에서 만나는 행운을 누릴 수 있었다.

우건은 그중 한 명이 등에 맨 백팩에 추적발신기를 부착했다.

초소형이라 웬만큼 민감하지 않으면 발견하기 쉽지 않았다.

발신기를 부착한 다음에는 김동에게 문자메시지를 전송했다.

다음 날, 그가 지시한 사항을 김동 등이 제대로 이행한 듯했다.

후오조 조원 두 명이 크게 다쳐 복귀한 것이다.

후오조 조원이 타구조 조원보다 실력이 떨어지긴 하지만 무인이 아닌 사람에게 당할 만큼 약자는 결코 아니었다. 즉, 무인에게 당했단 뜻이었다. 구견대 내부에 긴장감이 감돌았다.

대주 국성필은 부상당한 후오조 조원을 찾아가 누구에게 당했는지 캐물었지만 그들은 누군지 알아볼 기회조차 없이 눈 깜짝할 사이에 당했다는 대답만 되풀이할 따름이었다.

국성필은 답답해 미칠 지경이었다.

밖에 그들을 노리는 적대 조직이 있는데 그게 누군지 모르는 상황이었다. 가장 가능성이 높은 후보는 역시 제천회였다.

그러나 제천회의 짓이라면 지금쯤 구견대를 공격했어야 했다.

한데 그럴 기미는 또 없었다.

그렇다고 적이 두려워 정보 수집을 포기할 순 없는 노릇이었다. 지금도 상부에선 계속 결과를 내라 독촉하는 중이었다.

국성필은 결국 타구조와 후오조를 한 팀으로 묶어 외부에 내보내는 방법을 선택했다. 정확히 우건이 의도한 대로였다.

우건은 후오조 두 명을 호위하는 호위조를 맡아 건물을 나왔다.

건물을 나온 후오조 조원들은 제천회와 연관이 있거나, 아니면 이쪽 세계를 잘 아는 사람들을 찾아가 정보를 수집했다.

그러나 제천회는 좀처럼 꼬리가 잡히지 않았다.

우건은 후오조 조원들을 호위하며 서울 시내를 돌아다니다가 기회가 왔을 때, 후오조 조원의 휴대전화 번호를 알아냈다. 그리고 알아낸 번호를 김동에게 문자메시지로 보냈다.

번호를 입수한 김동은 추적 불가능한 방법으로 후오조 조원의 휴대전화에 문자메시지를 보냈다. 마치 구룡문을 돕는 익명의 제보자가 고급정보를 알려주는 식으로 위장한 것이다.

문자를 확인한 후오조 조원이 운전하던 임태수에게 부탁했다.

"지금 당장 수원으로 가주시오."

"알겠습니다."

그들은 마침내 제천회 적귀단이 있는 수원으로 차를 몰았다.

6장. 유인(誘引)

수원에 도착한 일행은 광교산 근처 갓길에 차를 세웠다.

김동이 후오조 조원에게 보낸 문자에는 광교산 근처라는 단어 외에 다른 언급은 없었다. 즉, 제천회 적귀단의 위치를 알아내려면 그들이 직접 발품을 파는 수밖에 없단 뜻이었다.

얼굴이 말상이라 본명 대신 마두석(馬頭石)이란 별명으로 더 많이 불리는 후오조 조원이 김동에게 문자메시지를 받은 장본인인 같은 후오조 소속 손재필(孫在弼)에게 질문했다.

"믿을 수 있는 정보원입니까?"

"누구?"

"문자메시지로 제천회 정보를 알려준 정보원 말입니다."

손재필이 고개를 저었다.

"나도 잘 모르겠어. 발신자불명으로 온 메시지여서 보낸 사람이 누구인지조차 몰라. 다만, 우리가 지금까지 여기저기에 뿌려놓은 떡밥을 문 사람 중에 하나가 아닐까 추측할 뿐이지."

마두석은 험상궂게 생긴 얼굴과는 다르게 꽤 소심한 듯했다.

마두석이 겁을 먹은 목소리로 물었다.

"그런 사람이 준 정보를 덥석 무는 겁니까?"

손재필이 책망하는 투로 말했다.

"어차피 이판사판이야. 위에서 계속 쪼아대는 바람에 지금은 없는 정보도 만들어서 갖다 바쳐야할 판이라고. 그런 처지인 우리가 지금 찬밥, 더운밥 가려가면서 먹어야 한다는 거야?"

"함정이면 어떻게 합니까? 요전번에 두 명이 크게 다쳐 돌아왔지 않습니까? 우리라고 당하지 말란 법이 없을 것입니다."

손재필이 한심하다는 듯 혀를 끌끌 찼다.

"멍청한 자식, 우린 제천회 하부조직 중 하나를 정탐하러 가는 거지, 쳐들어가는 게 아니야. 근처에서 살펴만 보다가 빠져

나올 텐데 놈들이 우리가 근처에 있단 사실을 어찌 알겠어?"

타구조 소속인 우건과 임태수는 후오조 소속 손재필, 마두석이 논쟁하는 광경을 차 뒷자리에 앉아 말없이 지켜보았다.

그들에게 내려진 국성필의 명령은 옆에서 후오조를 호위하는 일이지, 후오조가 하는 일에 간섭하라는 것이 아니었다.

선배인 손재필이 결국 논쟁에서 이긴 듯했다.

그들은 곧 두 개조로 찢어졌다.

우건이 손재필과 한조를, 임태수가 마두석과 한조를 이루었다.

조를 두 개로 나눈 이유는 광교산이 생각보다 넓어 남과 북 양쪽에서 능선을 따라 이동하며 조사해야 했기 때문이었다.

손재필과 조를 이룬 우건은 광교산 북쪽을 책임졌다.

우건의 조가 광교산 북쪽을 맡은 것은 행운이었다.

며칠 전에 최욱 등이 수원 광교산을 찾아 알아낸 정보에 따르면 제천회 적귀단은 광교산 북쪽 대왕골에 위치해 있었다.

"자, 갑시다."

손재필은 앞장서서 광교산 북쪽으로 걸음을 옮겼다.

그렇게 30여 분 동안, 거친 산길을 올랐을 때였다.

손재필이 두 갈래 길 앞에서 고민에 빠졌다.

어느 쪽에 적귀단이 있을지 몰라 고심하는 눈치가 분명했다.

우건은 그에게 힌트를 주기로 했다.

그가 빨리 적귀단을 찾아내야 다음 단계로 넘어갈 수 있었다.

우건은 손재필이 눈치 채지 못하게 무음무영지를 발출했다.

그 순간, 오른쪽으로 이어진 산길 옆 소나무 가지가 뚝 소리를 내며 부러졌다. 사냥꾼의 기척을 느낀 사슴처럼 화들짝 놀란 손재필은 급히 근처 나무 뒤에 숨어 동태를 살폈다.

그러나 적의 모습은 보이지 않았다.

손재필이 고개를 돌려 우건에게 전음을 보냈다.

-난 방금 소리가 들린 오른쪽이 마음에 드는데 당신은 어떻소?

우건은 동의한다는 듯 말없이 고개를 끄덕였다.

의견을 일치한 두 사람은 오른쪽 산길을 따라 계속 올라갔다.

손재필은 먹이를 찾아다니는 독 오른 살쾡이처럼 날렵한 몸놀림으로 험한 산길을 오르내리며 주변을 유심히 관찰했다.

손재필이 두 갈래, 세 갈래 길 앞에서 방황할 때마다 우건은 눈치 채지 못하게 힌트를 주어 그를 적귀단으로 안내했다.

그렇게 1시간여를 이동했을 때였다.

광교산 북서쪽 산기슭에 도착한 두 사람의 눈앞에 청회색 기와로 담장과 지붕을 덮은 고찰(古刹)이 모습을 드러냈다.

계곡을 내려다보는 산기슭에 위치한 사찰이었는데 대웅전, 극락전, 관음전과 같은 건물이 10여 미터 간격으로 늘어서 있었으며 둘레에는 2미터 높이의 벽돌 담장이 세워져 있었다.

손재필이 지도를 꺼내 위치를 확인했다.

"인등사(仁燈寺)라는 절이군."

지도를 말아 주머니에 넣은 손재필이 우건에게 물었다.

—어떻게 생각하시오?

—저 절 말입니까?

—그렇소.

우건은 시치미를 뚝 뗐다.

—제 눈엔 평범한 절처럼 보이는군요.

우건의 대답을 들은 손재필이 히죽 웃었다.

—훈련받지 않은 사람들에겐 평범한 절처럼 보일 거요.

—그럼 훈련받은 사람들에게는 뭔가 다른 게 보인단 말입니까?

─시간을 확인해보시오.

우건은 휴대전화를 꺼내 시간을 확인했다.

산속을 꽤 헤맨 탓에 벌써 새벽에 가까운 시간이었다.

시간을 확인한 우건은 그제야 말의 의미를 이해할 수 있었다.

지금은 새벽 종송(鍾頌)을 하는 시간이었다.

즉 승려들이 종을 치며 불경을 독송(讀誦)하는 시간이었는데, 종소리는커녕 불경을 외는 소리조차 들려오지 않았다.

서로의 얼굴을 쳐다보다가 동시에 고개를 끄덕인 두 사람은 인등사에 접근해 절 안을 들여다보았다. 그들은 곧 경비견과 함께 경내를 순찰하는 무인 여러 명을 발견할 수 있었다.

정찰을 마친 두 사람은 다시 원래 자리로 돌아가 상의했다.

우건이 먼저 물었다.

─무인이 있긴 한데 저들이 제천회란 보장은 없지 않습니까?

손재필이 심각한 표정으로 대꾸했다.

─맞는 말이오. 상부에 저 절이 제천회 소굴이라 보고했는데 그게 아니라고 밝혀지면 단순 징계로 끝나지 않을 것이오.

잠시 고민하던 손재필이 미심쩍은 눈빛으로 우건에게 물었다.

-본문에 있을 때 주로 어떤 무공을 익혔소?

-뭐, 저보다 훨씬 더 잘 아시겠지만 저 같은 하급자는 무공을 골라 익힐 수 없는 탓에 가르쳐주는 대로 다 익혔습니다.

-신법은 어떻소?

우건은 손재필이 무슨 뜻으로 그런 질문을 한지 알 수 있었다.

우건은 모르는 척 그가 마음에 들어 할 대답을 해줬다.

-그나마 신법은 자신 있는 편입니다.

-시범을 보여줄 수 있겠소?

우건은 놀란 듯 눈을 깜박거리며 되물었다.

-여기서 말입니까?

-이번 일은 아주 중요하기 때문에 신중을 기할 필요가 있소.

우건은 시치미를 떼며 다시 물었다.

-그게 신법을 시범보이는 거랑 무슨 상관입니까?

-내가 세운 작전이 성공하기 위해서는 당신이 반드시 신법을 능숙하게 펼칠 수 있어야 한다는 조건이 붙기 때문이오.

우건이 일부러 우물쭈물할 때였다.

손재필이 초조한 목소리로 재촉했다.

ㅡ시간이 없소. 곧 해가 떠오를 거요. 하려면 지금 해야 하오.

ㅡ해보기는 하겠습니다만 형편없다고 비웃지나 말아주십 시오.

우건은 못이기는 척 그 앞에서 신법을 펼쳐보였다.

그가 펼친 신법은 태을문 입문무공인 오악령 중 묘향신 법이란 것이었는데 한 발, 한 발 뗄 때마다 무희(舞姬)가 검 무(劍舞)를 추는 것처럼 우아한 동작으로 위치를 계속 바꿨 다.

물론, 손재필의 의심을 피하기 위해 전력으로 펼치지는 않았다.

무공을 보는 손재필의 감각이 그리 뛰어나보이진 않았지 만 구룡문 하급 문도가 할 수 있는 범위를 벗어난 신법을 펼쳐 보이면 아무리 둔한 사람이라도 의심이 들 수밖에 없 었다.

신법 시연을 마쳤을 때였다.

손재필이 아주 흡족한 표정으로 고개를 끄덕였다.

ㅡ그만하면 이번 작전을 맡기기에 충분한 것 같소. 아니, 오히려 내 예상을 뛰어넘는 훌륭한 제석신법(帝釋身法)이 었소.

앞서 말했다시피 구룡문은 태을문이 오악령을 만들어

갓 입문한 제자들의 기초를 잡아준 과거를 본 따 오악령을 복제하다시피 한 오봉무란 기초무공을 만들어 문도에게 가르쳤다.

우건이 방금 손재필 앞에서 펼쳐 보인 오악령 묘향신법을 구룡문에서는 오봉무 제석신법이란 이름으로 배우는 듯했다.

어쨌든 신법으로 손재필에게 합격점을 받은 우건은 그가 세운 계획에 따라 인등사 서쪽 담 뒤에서 조용히 대기했다.

그로부터 10분쯤 지났을 때였다.

동쪽 담에서 사람들이 웅성거리는 소리가 들리기 시작했다.

웅성거리는 소리는 곧 고함소리로 바뀌었다.

"동쪽 담으로 누가 넘어왔다!"

"자는 사람들을 깨워서 일대를 빨리 수색해라!"

"적의 첩자일지 모른다! 절대 빠져나가게 두어서는 안 된다!"

침입자가 있는 듯 절에 있는 전각의 문이 벌컥벌컥 열리는 소리와 함께 수십 명이 동쪽으로 달려가는 발소리가 들렸다.

숨을 크게 들이마신 우건은 일월보를 펼쳐 서쪽 담을 넘었다.

순찰을 돌던 무인들이 침입자를 쫓아간 듯 서쪽은 비어

있었다. 우건은 묘향신법으론 손재필이 지시한 임무를 달성하기 어렵단 생각에 일월보로 신형을 감춘 상태에서 이동했다.

손재필은 묘향신법, 아니 제석신법으로 그가 지시한 사항을 우건이 충분히 해낼 수 있을 거라 생각하는 모양이지만 이는 그가 무림을 잘 모르는 우물 안 개구리이기 때문이었다.

제석신법으로 제천회 칠성좌 중에 하나인 적귀단의 본진을 턴다는 것은 계란으로 바위를 치는 행동이나 다름없었다.

어쨌든 일월보로 담을 넘은 우건은 극락전으로 먼저 걸음을 옮겼다. 우건은 도문 출신이지만 불교를 배격하지는 않았다.

오히려 친숙한 편이었다.

사부 천선자는 뜻이 맞는 고승과 관포지교(管鮑之交)를 맺을 만큼 불교와 가깝게 지냈다. 그런 사부를 보며 자란 우건 역시 젊은 승려들과 교분을 나누며 절을 자주 들락거렸다.

덕분에 각 전각이 불가에서 어떤 의미를 가지는지 잘 알았다.

물론, 제천회 적귀단은 우건처럼 불가에 해박하지 않을 수 있었다. 하지만 절에서 가장 화려한 극락전을 평범한 용도로 사용하진 않을 거라는 판단에 극락전으로 발길을 옮겼다.

적귀단 단원들이 도둑으로 위장한 손재필을 추격하러 갈 때 제대로 닫지 않은 듯 극락전 문이 반쯤 열려 있었다. 우건은 구렁이가 담을 넘어가듯 안으로 들어가 주위를 둘러보았다.

적귀단이 쓰는 사무실인 듯했다. 불상과 불단이 있어야 할 자리를 책상과 의자, 그리고 각종 사무기기가 대신 차지했다.

우건은 제천회 적귀단이라 적혀 있는 문서를 하나 찾아 휴대전화로 촬영했다. 물론, 우건의 휴대전화는 아니었다. 조형민이 가지고 다니던 휴대전화로 구룡문이 지급한 싸구려였다.

그들의 근거지가 있는 제주 외에는 돈이 나올 구석이 별로 없는 구룡문은 제천회보다 모든 면에서 열악한 면을 보였다.

촬영을 마친 우건이 극락전 밖으로 다시 나왔을 때였다.

손재필을 놓친 듯 적귀단 단원들이 씩씩대며 돌아왔다.

단원 수십 명이 극락전 뜰 앞에 모여 서성거리는 중이었지만 일월보로 신형을 감춘 우건의 존재를 알아챈 자는 없었다.

임무를 마친 우건은 광교산 남쪽으로 이동해 손재필을 기다렸다. 손재필은 해가 완전히 뜬 다음에야 모습을 드러냈다.

우건의 시선이 손재필의 왼팔로 향했다.

부상을 입은 듯 왼팔에 휴대용 붕대가 둘둘 감겨 있었는데 피가 스며든 바람에 살색이던 붕대가 거의 붉게 물들어 있었다.

우건이 걱정하는 목소리로 물었다.

−부상을 입었습니까?

−괜찮소. 그보다 잠입했던 일은?

−성공했습니다.

우건은 그에게 휴대전화로 촬영한 사진을 보여주었다.

사진을 바라보던 손재필이 히죽 웃으며 그의 어깨를 툭 때렸다.

−제대로 찍었군. 수고했소.

손재필은 그 자리에서 사진을 전송받아 상부에 제출했다. 소식을 들은 마두석과 임태수 역시 산 북쪽으로 올라왔다.

상부와 통화하던 손재필이 전화를 끊으며 지시했다.

"문도들을 모아 온다니까 우린 그동안 인등사를 감시합시다."

네 사람은 전처럼 두 명씩 조를 이루어 인등사를 감시했다.

적귀단은 손재필이 도둑으로 위장해 잠입한 일 때문인지 전보다 경계를 강화해 인등사 밖 1킬로미터까지 순찰을 돌았다.

그리고 적귀단의 대처는 경계가 심해진 데에서 끝나지 않았다.

그날 저녁에는 검은색 승합차가 무인 20여 명을 실어 날랐다.

제천회 본단이 보낸 지원군인지, 아니면 적귀단이 보유한 다른 조직에서 보낸 지원군인지는 더 알아봐야겠지만 적이 전력을 강화했단 점에서는 그다지 큰 차이가 없어보였다.

우건이 걱정스런 표정으로 손재필에게 물었다.

-서울에 있는 구견대만으로 저들을 상대할 수 있는 겁니까?

손재필이 피식 웃으며 대꾸했다.

-당연히 아니지. 저들을 상대할 사람은 따로 있소.

-따로 있다면 본문이 이번 일에 직접 나설 거라는 뜻입니까?

-본문만이 아니오.

대꾸한 손재필은 우건이 위장한 조형민과 같은 하급 문도는 그 이상 알 필요가 없다는 것처럼 갑자기 입을 다물었다.

다행히 의문은 곧 풀렸다.

그날 새벽, 100여 명에 이르는 대병력이 광교산에 도착했다.

그중 70여 명은 구룡문 소속으로 보였지만 나머지 30명은 아니었다. 그들은 한국말을 거의 못하는 일본 사람이었다.

아니, 좀 더 정확히 말하면 일본 야쿠자를 평정했다는 대정회 소속 고수들이었다. 중원에서 현대무림으로 넘어온 고수들 앞에는 세 가지 선택이 놓여 있었다. 첫 번째는 그들이 처음 발을 내딛은 한국에 계속 머물며 정착하는 선택이었다.

두 번째는 그들의 고향이 있는 중국으로 돌아가는 선택이었다.

나중에 도착한 고수 상당수가 중국으로 돌아갔단 소문을 들었기에 중국 역시 무인이 활개치고 다닐 가능성이 높았다.

세 번째는 한국, 중국이 아닌 다른 나라로 떠나는 경우였다.

첫 번째, 두 번째처럼 많은 고수들이 선택하지는 않았지만 생각보다 많은 고수가 일본, 동남아, 북미 등에 진출해 있었다.

그리고 그 대표적인 성공사례가 바로 일본으로 건너간

대정회였다. 대정회는 일본 암흑가를 지배하던 야쿠자를 부하로 끌어들인 다음, 그들이 하던 사업을 차례차례 인수했다.

한데 대정회는 일본만으로 끝내기에는 아쉬움이 있었던지 한국, 중국 등지로 진출할 기회를 호시탐탐 노리는 중이었다.

그리고 마침내 구룡문을 설립한 세 명 중 한 명인 검귀 소우의 초청을 받아들여 대정회 소속 고수들을 한국에 급파했다.

손재필이 말하지 않았던 히든카드가 바로 대정회였던 것이다.

구룡문 본문 고수 70여 명에 대정회 소속 고수 30여 명이라면 인등사에 숨어 있는 적귀단을 상대하기에 충분할 듯했다.

산기슭 여기저기에 흩어져 운기행공하거나, 무기를 손질하며 진격명령을 기다리던 문도들 틈에서 지휘관을 찾아보았다.

이번 기습은 구룡문 본문이 직접 지휘했기 때문에 구견대 대주겸 국성필을 비롯한 다른 간부들은 옆으로 물러나 본문에서 나온 머리가 하얗게 센 노인의 말을 경청하는 중이었다.

노인은 검의 고수인 듯 수수한 검집 하나를 손에 들고

있었는데 날카로운 기도가 멀리 떨어진 우건에게까지 전해졌다.

이 산기슭에 모인 고수들 중 최고수는 단연 그 노인이었다.

문도들 사이에 도는 소문을 종합해봤을 때, 그는 구룡문 장로 중에 한 명인 한영쇄풍검(寒影碎風劍) 박인로(朴仁勞)였다.

우건의 시선이 국성필 옆에 서 있는 40대 중년 사내에게 향했다.

그는 대정회 소속 다른 고수들처럼 칼날이 휘어진 태도(太刀)를 들고 있었는데 기도가 정갈한 것이 꽤 고수인 듯했다.

손재필에게 듣기론 일본에 건너가 대정회를 세운 선대 회주는 도의 고수였다. 몇 백 년 전부터 기초적인 도법(刀法)을 만들어 계승해오던 일본에 진짜 고수가 등장한 셈이었다.

대정회 선대 회주는 그가 익힌 도법을 일본 실정에 맞게 고쳐 지금의 도법을 만들었고 그 도법을 제자들에게 가르쳤다.

제천회, 구룡문, 특무대는 사용하는 무공이 제각각이었지만 대정회는 선대 회주를 기리는 차원인지, 아님 도법 외에 다른 무공을 접할 기회가 없었는지 오직 도법만을 수련했다.

중년 사내의 나이로 봐서는 대정회 일대제자일 듯했다.

그때, 손재필이 슬며시 다가와 전음으로 물었다.

－저 일본인의 정체가 궁금하오?

－압니까?

－대정회 회주의 사제인 무라카미 시게오라는 사람이오. 그는 수완이 아주 뛰어나서 회주의 신임을 받는 중이라 들었소.

－대정회 회주가 이번 일을 중요하게 생각하나 보군요? 신임하는 사제에게 30명이나 딸려 보낸 게 그 증거 아니겠습니까?

손재필이 전음으로 대답했다.

－아직 소문이기는 하지만 본문에 협력한 대가로 경상도, 전라도사업권을 대정회에 넘겨주기로 약속했단 말을 들었소.

두 사람이 얘기를 나누는 동안, 간부회의가 끝난 듯했다. 참사검 국성필이 그들 쪽으로 걸어와 구견대 대원들을 호출했다.

국성필은 작전을 설명하기에 앞서 손재필을 앞으로 불러냈다.

"다들 들어서 알겠지만 여기 이 손재필이 이번에 커다란 공을 세웠다. 상부에서는 이번 일이 끝나는 대로 그에게 진급과 포상금, 영약 등을 하사하기로 했으니 다들 축하해주어라."

손재필은 의기양양한 표정으로 동료들의 축하를 받았다.

사실 이번 공을 세우는 데 결정적인 기여를 한 사람은 우건이 위장 중인 조형민이었지만 그에 대한 언급은 전혀 없었다.

방금 전까지 옆에서 이것저것 가르쳐주며 살갑게 굴던 사람이 포상이 걸린 공 앞에선 나 몰라라 해버린 것이다. 인심막측(人心莫測)이란 말이 이보다 더 잘 어울릴 수 없었다.

어쨌든 우건의 목표는 포상을 받는 게 아니었기에 넘어갔다.

손재필을 칭찬한 국성필이 회의에서 나온 작전을 설명했다.

작전은 의외로 간단했다.

한영쇄풍검 박인로가 이끄는 구룡문 주력이 인등사 정면을 치는 동안, 국성필이 지휘하는 구견대와 무라카미 시게오가 지휘하는 대정회가 사찰 좌우 양쪽을 협공하는 것이었다.

작전 설명이 끝난 직후, 구룡문과 대정회가 만든 구정연합(九正聯合)은 야음을 틈타 광교산 대왕골 인등사로 출발했다.

우건은 당연히 국성필이 지휘하는 구견대에 속해 이동했다.

자정에 거점을 출발한 구정연합은 새벽 1시에 1차 합류 지점에 도착했다. 인등사에 거점을 둔 적귀단이 오후에 순찰범위를 주변 2킬로미터까지 확장한 탓에 지금부터는 적귀단 순찰대원을 제거하지 않으면 안으로 들어갈 방법이 없었다.

각 공격대에서 신법이 특출 난 사람을 뽑아 적귀단 순찰대원을 제거하기로 결정했는데 국성필 옆에 딱 붙어 있던 손재필이 무슨 말을 했는지 우건이 뜬금없이 제거조에 뽑혔다.

쓴웃음을 삼킨 우건은 시키는 대로 순찰대원을 향해 접근했다.

곧 그의 시야에 적귀단 순찰대원 두 명이 독일산 경비견 한 마리와 함께 서쪽에서 동쪽으로 이동하는 모습이 잡혔다.

우건은 조형민으로 위장해야 했기 때문에 태을문에서는 설악권법, 구룡문에서는 삼도권법이라 불리는 권법으로 기습했다.

퍽!

순찰대원 하나가 뒤에서 날아든 주먹에 맞아 그대로 기절했다.

어디를 어떻게 맞았는지 모르겠지만 주먹에 맞는 순간, 비명조차 지르지 못한 채 연체동물처럼 흐느적거리다가 쓰러졌다.

첫 번째 순찰대원이 쓰러지는 순간, 독일산 경비견이 두 번째 순찰대원보다 먼저 적의 기습을 알아차린 듯 짖으려 들었다.

개는 잘못이 없었기에 무음무영지로 제압한 우건은 돌아서는 두 번째 순찰대원의 가슴에 삼도권법 초식을 펼쳐갔다.

파파팟!

천수관음(千手觀音)이 팔을 벌린 것처럼 수십 개로 늘어난 주먹이 순찰대원의 가슴을 북을 치듯 몇 번 두들겼다. 주먹이 가슴에 작렬할 때마다 순찰대원은 뭍에 올라온 물고기처럼 파닥거리다가 이내 뻣뻣하게 굳어 바닥으로 쓰러졌다.

1, 2초 사이에 순찰대원 두 명과 개 한 마리를 제압한 우건은 연락을 위해 따라온 동료에게 눈짓으로 신호를 보냈다.

잠시 후, 국성필이 이끄는 구견대 대원 30여 명이 나타났다.

국성필은 바닥에 쓰러진 순찰대원과 꼼짝 않고 앉아 있는 경비견의 모습을 확인하고는 만족한 듯 고개를 크게 끄덕였다.

순찰대원을 제압한 구견대는 산을 내려가 인등사 서쪽으로 이동했다. 이동 경로에 순찰을 도는 순찰대원이 몇 명 더 있었지만 방금 전처럼 우건이 달려가 간단히 제압해 버렸다.

우건을 바라보는 국성필의 눈빛이 점점 바뀌었다.

미심쩍어하던 눈빛이 점차 감탄하는 눈빛으로 바뀌었다.

국성필과 꼭 붙어 다니던 손재필은 뒤늦게 땅을 치며 후회했지만 어쩔 수 없는 일이었다. 손재필은 국성필에게 잘 보일 생각으로 우건을 추천했을 테지만 오히려 우건이 국성필의 눈에 드는 결과를 만들어낸 것이다. 물론, 다 부질없는 짓이었다. 우건은 국성필의 눈에 들든 말든 상관없었다.

적귀단 순찰대원을 제거한 구견대는 재빨리 인등사 서쪽 담으로 이동해 신호가 오길 기다렸다. 공격대 세 개가 동시에 치지 않으면 각개격파당할 위험이 있어 협조가 필수였다.

연락을 맡은 문도가 허락이 떨어졌다는 신호를 보내는 순간, 국성필이 손짓으로 부하들에게 공격명령을 내렸다. 곧 인등사 서쪽 담을 넘은 문도들이 안으로 물밀듯이 밀려들어갔다.

갑자기 나타난 수십 명의 적에 놀란 적귀단 단원들이 잠시 멈칫하는 순간, 구룡문 문도들이 지체 없이 살수를 펼쳤다.

"으악!"

"크아악!"

적귀단 단원들의 몸에서 핏물이 쏟아질 때마다 비명이 뒤따라 흘러나왔다. 그러나 적귀단 또한 손재필이 도둑으로 위장해 침투한 사건 때문에 경계태세를 상당히 강화한 듯했다.

"서쪽에 적이 나타났다!"

"지원대는 서쪽으로 이동해라!"

"뭘 멍청히 서 있는 거야? 빨리 빨리 움직여!"

뒤에서 단원을 독려하는 고함소리가 몇 차례 들려왔다.

잠시후, 적귀단의 반격이 갑자기 거세지기 시작했다. 적귀단이 일방적으로 당하던 지금까지와는 전혀 다른 양상이었다.

그러나 오늘 인등사를 공격한 공격대는 구견대만이 아니었다.

곧 무라카미 시게오가 이끄는 공격대가 인등사 동쪽을 들이쳐 적귀단을 당황케 만들었다. 적귀단이 급히 서쪽과 동쪽 두 곳으로 흩어져 간신히 피아간의 균형을 맞췄을 때였다.

이번에는 남쪽 정면에서 한영쇄풍검 박인로가 지휘하는 구룡문 주력이 쳐들어와 동서 양쪽으로 길게 늘어져 있던 적귀단 방어진 가운데를 돌파해 적진을 아예 두 동강내버렸다.

구정연합이 세운 작전이 훌륭하게 먹혀든 셈이었다.

그때였다.

부상당한 사람처럼 다리를 절며 뒤로 빠진 우건은 구정연합이 승기를 잡아가는 전황을 잠시 지켜보다가 북쪽으로 향했다.

적귀단 소속 모든 단원이 적을 막기 위해 출동한 듯했다. 북쪽 대웅전에는 지키는 사람이 전혀 없었다. 우건은 대웅전 안에 들어가 전원이 켜져 있는 컴퓨터를 한 대 찾았다.

찾아낸 다음엔 김동이 준 해킹프로그램을 설치해 적귀단이 소유한 컴퓨터와 서버에 있는 정보를 쾌영문으로 빼돌렸다.

작업을 마친 우건은 대웅전을 나와 싸움이 벌어지는 극락전 앞뜰로 돌아갔다. 극락전 앞뜰에는 30여 명이 넘는 무인이 바닥에 쓰러져 피를 흘리거나 신음을 내뱉는 중이었다.

현재 형세를 말해주듯 바닥에 쓰러져 있는 무인 대부분이 적귀단 소속이었다. 우건이 도착했을 때는 전투가 한창 클라이맥스로 치달을 때였다. 구정연합은 적귀단 소속 단원 40여 명을 북서쪽 관음전 방향으로 계속 밀어붙이는 중이었다.

앞으로 2, 30분 후에는 구정연합이 여유 있게 승리할 듯했다.

우건은 시선을 돌려 전장 남동쪽을 보았다.

전장 남동쪽에서는 북서쪽 전장과는 다르게 양 세력의 소수 정예가 맞붙는 중이었다. 구룡문 장로 한영쇄풍검 박인로는 키가 전봇대처럼 큰 거한을 상대하는 중이었는데, 거한의 실력이 만만치 않은 듯 우위를 점하지 못하는 상태였다.

또, 대정회 일대제자 무라카미 시게오는 쌍도를 쓰는 중년 도객과 일진일퇴의 공방을 벌이는 중이었으며 참사검 국성필은 몸매가 하늘하늘한 미녀 검객과 검을 맞대는 중이었다.

우건은 세 곳에서 동시에 벌어지는 대결 중에 무라카미 시게오와 쌍도를 쓰는 중년 도객이 벌이는 대결에 관심을 보였다.

다른 고수들은 예측 가능한 범위에서 싸우는 중이었지만 무라카미 시게오는 아주 독특한 도법으로 적을 상대 중이었다.

중원무림에서는 면면부절(綿綿不絕), 즉 물이 흐르듯 다음 초식으로 자연스럽게 이어지는 초식 연계를 아주 중요시했다.

한데 무라카미 시게오가 펼치는 도법은 마치 다리가 중간에 끊긴 것처럼 초식과 초식 사이에 일정한 간격이 존재했다.

다만, 각각의 초식이 아주 빠른 데다 면도날처럼 날카로워 웬만큼 뛰어난 고수가 아니고서는 대응이 쉽지 않아 보였다.

무라카미 시게오의 상대는 쌍도를 쓰는 중년 도객이었는데 자기 실력을 전혀 보여주지 못했다. 무라카미 시게오의 도법처럼 공격적인 도법을 처음 상대해보는 듯 손발이 어지러워지다가 결국 왼팔이 잘려 쌍도 중 하나를 잃었다.

승기를 잡은 무라카미 시게오가 일본도를 더 강하게 휘둘렀다.

파파파팟!

일본도의 도신이 쏟아낸 회색빛 도기 10여 가닥이 초승달 모양으로 형체를 갖춘 상태에서 중년 도객의 전신을 갈라갔다.

"으아악!"

결국, 중년 도객은 비명을 지르며 벌렁 나자빠졌다.

무라카미 시게오가 날린 도기가 어찌나 날카로웠던지 중년 도객이 쓰러진 후에야 옷과 살이 잘리며 피가 쏟아져 나왔다.

중년 도객은 곧 본인이 흘린 피에 잠겨 숨이 끊어졌다.

나름 팽팽하게 이어지던 3대3의 대결은 무라카미 시게오의 승리와 함께 한쪽으로 급격히 기울었다. 중년 도객을 죽인 무라카미 시게오는 다른 대결에 가세하지 않았지만 언제든 가세할 수 있다는 점이 다른 이들에게 압박감을 주었다.

균열은 곧 다른 곳에서도 일어났다.

참사검 국성필이 상대하던 여자가 몸을 돌려 도망친 것이다.

박인로, 무라카미 시게오, 국성필 세 명 중에서 국성필의 실력이 가장 떨어진 탓에 도망치는 여자를 저지하지 못했다.

이제 세 개의 대결 중 남은 것은 박인로와 키가 전봇대처럼 큰 거한의 대결이었다. 거한은 육장(肉掌) 한 쌍을 무기 삼아 장력을 펼쳤는데 장력이 어찌나 무겁던지 바람을 분쇄할 만큼 강력하다던 박인로의 검이 제대로 뚫지를 못했다.

오히려 박인로가 먼저 슬금슬금 물러서며 이미 승부를 본 무라카미나, 국성필의 도움을 요청하는 듯한 기색을 보였다.

그러나 무라카미는 움직일 기미가 전혀 없었다.

오히려 냉소를 띤 얼굴로 박인로와 거한의 대결을 지켜보았다.

반면, 국성필은 다른 이유로 끼어들지 못했다.

그는 지레짐작으로 박인로와 같은 고수들은 다른 사람이 참견하는 것을 싫어할 거라 생각해 그저 지켜볼 따름이었다.

무라카미와 국성필이 나서지 않는다면 우건이 나서는 수밖에 없었다. 오늘 싸움은 구정연합의 승리로 끝이 나야 했다.

우건은 보는 사람이 없는 것을 확인한 다음, 몰래 무영무음지를 발출했다. 소리 소문 없이 날아간 지력이 거한의 오른다리를 살짝 건드렸다. 오른다리에 타격을 입은 거한이 잠시 멈칫한 순간, 노련한 박인로가 지체 없이 검을 찔러갔다.

거한은 뒤늦게 장력을 발출해 박인로의 검을 막으려 해봤지만 살쾡이처럼 날카로운 검기에 이미 혈도를 관통한 후였다.

몸이 굳은 거한이 잡아먹을 듯한 시선으로 박인로를 노려봤다.

"이 비겁한……."

박인로 역시 절정고수인 탓에 전후사정을 어느 정도는 파악한 상태였다. 자기를 시종 압도하던 거한이 갑자기 암습을 당한 사람처럼 당황한 덕분에 그가 이길 수 있었던 것이다.

"끝까지 구질구질하게 구는 놈이군."

박인로는 거한이 다른 말을 내뱉기 전에 숨통을 완전히 끊어놓으려는 듯 새파란 검기 10여 가닥을 뽑아 거한에게 날렸다.

거한이 바람 앞 촛불처럼 명재경각(命在頃刻)에 처했을
때였다.

쉬익!

갑자기 옆에서 회색빛 도기가 튀어나와 박인로가 발출한
검기를 도중에 막아버렸다. 거한의 숨통을 끊는 데 실패한
박인로가 미간을 찌푸리며 고개를 홱 돌렸다. 갑자기 도기
를 발출해 박인로를 막은 사람은 바로 무라카미 시게오였
다.

박인로가 상처 입은 호랑이처럼 으르렁거리며 물었다.

"이게 무슨 돼먹지 않은 짓이오?"

무라카미 시게오가 우리말을 유창하게 구사하며 대답하
였다.

"그는 이미 패했습니다. 죽일 필요까진 없을 겁니다."

"놈은 적귀단 수괴요. 지금 죽이지 않으면 언제 죽인단
거요?"

"그를 죽이는 것보다 그를 통해 제천회 정보를 알아내는
게 더 효율적일 겁니다. 나무 대신 숲을 봐야 하지 않겠습
니까?"

무라카미 시게오의 충고에 박인로가 이를 부드득 갈며
말했다.

"이번 일은 상부에 보고토록 하겠소."

"말리지 않겠습니다."

무라카미 시게오가 알아서 하라는 듯 어깨를 으쓱해보였다.

어쨌든 무라카미 시게오가 나선 덕분에 목숨을 건진 거한은 곧 혈도가 제압된 상태에서 포박당해 한쪽으로 끌려갔다.

거한은 살아서 기쁜 것보다는 방금 전 패배가 더 아픈 듯했다.

"이번 대결은 정정당당하지 않았다! 늙은이가 몰래 심어놓은 방수(幫手)가 손을 쓰지 않았으면 내가 결국 이겼을 것이다!"

끌려가던 거한이 고래고래 소리를 지르는 바람에 얼굴이 시뻘겋게 달아오른 박인로는 재빨리 거한의 아혈을 제압했다.

거한이 외치는 소리를 통해 그들의 싸움을 지켜본 사람들 대부분이 박인로가 암수를 써서 이겼다는 사실을 알았지만 박인로 앞에서 감히 티를 낼 만큼 멍청한 사람은 없었다.

거한을 끝으로 구정연합의 적귀단 습격은 연합군의 대승리로 끝났다. 적귀단 단원은 대부분 죽거나 부상당했다. 살아서 인등사를 빠져나간 단원은 손가락으로 꼽을 지경이었다.

승리한 연합군은 시체와 부상자를 처리한 다음, 인등사

안을 샅샅이 뒤졌다. 곧 적지 않은 재물과 제천회 관련 정보를 찾아낸 연합군은 날이 밝기 직전에 수원 광교산을 벗어났다.

　마침내 거대한 연극의 첫 번째 막이 성공리에 오른 셈이었다.

7장. 탈출(脫出)

　우건이 적귀단 컴퓨터에서 해킹한 자료는 바로 서울에
있는 김동에게 전해져 적귀단과 제천회를 분석하는 용도로
쓰였다.

　얼마 후, 분석을 마친 김동은 결과를 문자로 작성해 전송
했다.

　적귀단은 쉽게 말해 기업형태의 거대 부동산회사였다.

　제천회는 정재계에 만들어둔 인맥을 통해 새로 시작하는
국책 개발사업의 정보를 누구보다 빨리 입수할 수가 있었
다.

　제천회는 그렇게 입수한 정보를 적귀단에 전해주어 그들의

부동산사업에 이용했다. 예를 들면 적귀단이 만든 건설회사가 개발예정 부지를 싼값에 구입해 두었다가 개발호재로 땅값이 크게 올랐을 때, 국가에 비싸게 되파는 방식이었다.

김동이 조사한 바에 따르면 적귀단은 그렇게 해서 수천억에 달하는 차익을 거두어 들였다. 그리고 그 차익 중 일부는 다시 전 대통령과 국회의원, 검사, 판사 등에게 뇌물로 돌아갔다.

전형적인 내부자거래였다.

우건은 김동에게 조사한 정보를 청와대에 즉시 전하게 했다.

독령단과 적귀단에서 수집한 정보를 잘 이용하면 지금 완강히 저항 중인 적폐(積弊)세력을 일망타진할 수 있을 것이다.

한편, 수원 광교산에서 적귀단을 쓸어버리는 데 성공한 구견대는 서울에 있는 거점으로 돌아와 생포한 적귀단 단원으로부터 제천회에 관한 정보를 빼내는 데 주력하는 중이었다.

물론, 정상적인 방법을 쓰지는 않았다.

구룡문 구견대는 경찰이 아니었다. 제천회 적귀단 역시 경찰에 연행당한 피의자가 아니었다. 예전에는 경찰이 피의자를 고문하는 게 흔했을지 모르지만 지금은 피의자를 고문해 자백을 받았다는 사실이 밝혀지면 큰 파장을 불러왔다.

그러나 경찰이 아닌 구견대는 그런 제약에 얽매일 필요가 없었다. 즉, 적귀단 단원을 상대로 물고문을 하든, 산 채로 생살을 벗기든 뭐라 할 사람이 없다는 뜻이었다. 고문이 이뤄지는 건물 지하에선 매일 같이 처절한 비명이 들려왔다.

그러나 고문을 하는 사람 역시 언젠가는 잠을 자야 했다.

새벽 두시부터 오전 여섯시까지는 지하실이 조용했다.

포로를 감시하는 간수 두 명 외에는 모두 잠을 자러 떠났다.

일월보로 신형을 감춘 우건은 지하실 안을 슬쩍 들여다보았다.

간수 두 명이 감옥 앞에서 경계를 서는 모습이 보였다. 일월보를 푼 우건은 신형이 드러남과 동시에 금선지를 쏘았다.

우건을 발견한 간수 두 명이 의아한 표정을 짓는 순간, 빨랫줄처럼 늘어지며 날아든 금빛 지력이 그들의 미간에 박혔다.

우건은 쓰러진 간수 사이를 걸어가 쇠창살로 막혀 있는 감옥을 들여다보았다. 감옥 끝 쪽에 박인로에게 제압당한 거한이 상처 입은 맹수처럼 살기를 잔뜩 드러낸 채 앉아 있었다.

우건은 간수의 주머니를 뒤져 찾아낸 열쇠로 감옥을 열었다.

"빨리 나오십시오."

거한은 지하실 입구에서 날아든 금빛 지력에 의해 그의 감옥을 지키던 간수 두 명이 비명을 지를 틈도 없이 쓰러지는 장면을 똑똑히 보았지만 우건을 완전히 믿지는 않는 듯했다.

거한이 잔뜩 쉰 목소리로 물었다.

"넌 뭐냐?"

"보다시피 대협을 여기서 꺼내주려는 사람입니다."

"왜 날 도와주려는 거냐?"

"말씨름할 시간이 없습니다. 곧 다른 문도들이 내려올 겁니다."

거한은 퉁방울만한 눈으로 우건을 잔뜩 노려보았다.

마치 노려보면 우건의 진정한 의도를 알 수 있다는 듯했다.

그러나 부동심을 익힌 데다 얼굴에 인피면구까지 쓴 우건의 표정에서 진정한 의도를 알아내기란 쉽지 않은 일이었다.

지하실 입구를 힐끔 본 우건이 재촉했다.

"제 말대로 해서 손해 볼 일은 없을 겁니다."

거한이 미심쩍은 눈빛을 보내며 다시 물었다.

"이 또한 함정일지 모르는데 내가 어떻게 너를 믿는단 말이냐?"

우건이 답답하다는 표정을 지으며 대답했다.

"함정이든 아니든 그게 지금 상황에서 무슨 상관이겠습니까? 이게 함정이라 해도 어차피 고문을 당하며 제천회 정보를 불라 협박을 받는 상황은 달라질 게 없지 않겠습니까?"

잠시 생각하는 듯 보였던 거한이 고개를 미세하게 끄덕였다.

우건 말대로 그는 어차피 죽은 목숨이었다. 온갖 고문을 받으며 죽을 날을 기다리는 상황보다 더한 최악은 없는 것이다.

"이 문제부터 해결해야 나가든지 말든지 결정할 수 있을 것이네."

말을 마친 거한이 자기 팔을 들어보였다. 웬만한 처자 허벅지만 한 거한의 두 팔목과 두 발목이 모두 두꺼운 쇠사슬에 감겨 있어 도움을 받지 않으면 혼자서는 일어날 수조차 없었다.

우건은 간수의 주머니를 뒤져 쇠사슬을 푸는 열쇠를 찾았다.

그러나 쇠사슬 열쇠는 간부가 따로 보관하는 듯 보이지 않았다. 우건은 감옥과 고문실까지 뒤져보았지만 역시 열쇠는 보이지 않았다. 우건은 잠시 고민하다가 감옥으로 들어갔다.

처음 세운 계획에 반하는 일이었지만 어쩔 수 없었다.

쇠사슬 열쇠를 가진 간부를 찾다가는 날이 샐 게 틀림없었다.

우건은 수도로 쇠사슬을 내리쳤다.

쉬익!

날카로운 파공음이 울리는 순간, 예리한 칼로 두부를 자른 것처럼 쇠사슬이 매끄럽게 잘려 나갔다. 우건은 그런 식으로 거한의 팔목과 발목에 묶인 쇠사슬 네 개를 단숨에 잘랐다.

그 모습을 바라보던 거한의 눈에 이채(異彩)가 떠올랐다. 무기가 아닌, 수도로 10여 센티미터 두께의 쇠사슬을 가볍게 자를 정도의 실력을 갖춘 고수는 그리 많지 않은 것이다.

"자, 빨리 여길 빠져나갑시다."

우건은 거한이 보내는 의심스러운 눈빛을 모르는 척하며 그를 부축해 감옥을 빠져나왔다. 고문을 당한 탓에 몸이 성한 곳이 없던 거한은 부축을 받아야 제대로 걸을 수 있었다.

그러나 고문실이 있는 지하에서 1층으로 올라가는 것과 1층에서 현관을 통해 건물 밖으로 나가는 것은 사정이 달랐다.

1층과 현관 사이에는 현관문을 지키거나, 내부 순찰을 도는 구룡문 문도가 최소 대여섯 명에 이르렀다. 그들을 통과하지 않으면 밖으로 나갈 방법이 없을뿐더러, 만약 그들에게 발목을 붙잡혀 지체하다가는 건물에 있는 모든 문도가 1층으로 내려와 그들 앞을 막아설 가능성이 아주 높았다.

　"아무래도 혈도를 풀어야겠습니다."

　우건은 거한의 팔목을 잡아 내력을 밀어 넣었다.

　갑자기 밀려들어온 내력에 움찔한 거한은 놀란 표정으로 우건의 얼굴을 쳐다보았다. 거한의 기경팔맥(奇經八脈)을 휘돌던 우건의 내력이 막혀 있는 혈도를 뚫기 시작한 것이다.

　문파마다 그리고 무인마다 혈도를 점하는 방식이 제각기 달라 본인이 아니면 풀지 못하는 점혈수법이 많았다. 한데 우건은 그의 몸에 내력을 밀어 넣어 혈도를 풀어버린 것이다.

　이는 우건이 익힌 심법이 비할 바 없이 고절하단 뜻이었다.

　거한이 약간 떨리는 음성으로 물었다.

　"다, 당신 대체 정체가 뭐요?"

　"여길 나간 다음에는 서로에 대해 알아볼 시간이 있을 겁니다."

알았다는 듯 고개를 끄덕인 거한은 바로 자리에 앉아 내력을 일주천했다. 고문당한 후유증이 꽤 심하기는 했지만 사람 자체가 워낙 강골인지 금세 몸에 힘이 실리기 시작했다.

우건은 거한에게 1층 왼쪽에 있는 구룡문 문도 두 명을 맡게 했다. 그리고 우건 자신은 오른쪽을 맡아 동시에 뛰쳐나갔다. TV를 보며 졸음을 쫓던 구룡문 문도 하나가 고개를 돌리는 순간, 우건이 휘두른 주먹이 턱에 정통으로 박혔다.

눈이 풀린 문도가 소파 위에 널브러질 때였다.

우우웅!

거한이 날린 묵직한 장력이 왼쪽에 있던 구룡문 문도 두 명의 등을 강타해 그들의 몸을 공중으로 띄워 올렸다. 적이 밖에서 올 거란 생각에 정면만을 응시한 듯 그들의 등 뒤는 거의 무방비였다.

앞으로 달려 나간 우건은 반격을 가하려던 구룡문 문도 두 명을 그들이 삼도권법이라 부르는 설악권법으로 때려눕혔다.

그때였다.

1층 계단을 지키던 문도 하나가 소리를 질렀다.

"포로가 도망친다!"

잠에 취해 있던 다른 문도들을 깨우기에 충분했던지 2층과 3층에 있던 구룡문 문도들이 무기를 들고 1층으로 내려왔다.

우건은 다친 상태에서 무공을 펼치는 바람에 부상이 더 심해진 거한에게 현관으로 가란 전음을 보냈다. 그리고는 뒤에서 달려드는 구룡문 문도들을 막아서며 삼도권법을 펼쳤다.

구룡문 문도 중에 삼도권법을 모르는 문도는 없었다.

그러나 우건이 펼치는 삼도권법은 그들이 배운 삼도권법보다 빠르며 강력했다. 그리고 초식 연계에서 차원이 달랐다.

순식간에 문도 대여섯 명이 삼도권법에 당해 바닥을 뒹굴었다.

우건은 큰 동작으로 주먹을 휘둘러 겁을 먹은 구룡문 문도들을 뒤로 물러서게 한 다음, 재빨리 현관으로 몸을 날렸다.

그때였다.

쉬익!

새파란 검기 하나가 뱀의 혀처럼 날름거리며 등을 찔러왔다.

보이진 않았지만 누가 기습한지 알아내는 일은 그리 어렵지 않았다. 이 건물 안에서 이 정도 위력의 검초를 뽑아낼 수 있는 사람은 구견대주 참사검 국성필 한 명밖에 없었다.

우건은 거한의 위치를 살폈다.

현관을 수비하는 구룡문도를 쓰러트린 거한이 막 건물 밖으로 도망치는 중이어서 이쪽으로 고개를 돌릴 틈이 없었다.

우건은 돌아서면서 양손으로 태을진천뢰를 펼쳤다.

쿠르릉!

천둥치는 소리가 귓가를 은은하게 어지럽히는 순간, 양강한 장력 두 가닥이 공기를 태우며 날아가 우건의 등을 기습한 검기와 검기를 발출한 국성필 본인을 통째로 덮어버렸다.

"으윽."

깜짝 놀란 국성필은 급히 옆으로 몸을 날려 장력을 피했다.

그러나 우건이 전력을 다해 펼친 태을진천뢰는 그 정도로 피할 수 있는 공격이 아니었다. 국성필은 공중에서 세 차례나 자세를 바꾼 후에야 간신히 바닥에 내려설 수가 있었다.

그러나 바닥에 내려섰다고 해서 태을진천뢰가 가진 어마어마한 여력(餘力)까지 해소한 것은 아니었는지, 얼굴이 시커멓게 변한 국성필은 결국 검붉은 피를 한 사발이나 토해냈다.

소매로 입에 묻은 피를 닦은 국성필이 다시 고개를 들었을 때는 이미 우건과 거한의 모습이 시야에서 사라진 후였다.

구룡문 문도 수십 명은 내상을 입은 국성필과 우건이 사라진 현관문 방향을 번갈아 바라보며 멍한 표정으로 서 있었다.

국성필이 짜증 섞인 목소리로 소리쳤다.

"어서 놈들을 쫓지 않고 뭘 멍청히 보고만 있는 거냐!"

그 말에 화들짝 놀란 구룡문 문도들이 급히 건물 밖으로 뛰쳐나가 도망친 우건과 거한을 찾았다. 그러나 두 사람은 이미 도망친 지 오래여서 그림자조차 발견할 수가 없었다.

한편, 구룡문 추격을 따돌린 우건과 거한은 바로 경기 북부로 도망쳐 사람들이 많지 않은 시골의 어느 폐가에 숨었다.

경기 북부로 도망치는 동안, 거한과 얘기를 나눌 틈이 있어 몇 마디 나누어보았는데 거한의 정체는 바로 제천회 적귀단의 부단주인 일장진악(一掌振岳) 장경철(張硬鐵)이었다.

적귀단의 전 단주인 마동철이 낙마하는 바람에 지금은 부단주이던 일장진악 장경철이 임시 단주까지 맡고 있었기 때문에 실질적으로 장경철이 적귀단 최고 책임자라 할 수 있었다.

폐가에 도착해 잠시 숨을 고른 장경철이 물었다.

"이제 슬슬 당신이 누구인지 말해줘야 하지 않겠소? 그 래야 앞으로 어떻게 할 건지 계획을 세울 수가 있을 것 같은데."

우건은 피식 웃으며 대답했다.

"그냥 크게 한몫 잡아보려는 사람이라 생각해주십시오."

"한몫? 무슨 한몫 말이오?"

"적귀단 임시 단주를 구한 공이면 제천회에서 값을 꽤 쳐 줄 게 아닙니까? 구룡문은 검귀 소우의 파벌이 다 장악해버 려 저처럼 끈 떨어진 연들은 오갈 데가 없습니다. 반면, 제 천회는 그보단 덜 할 것이니 지금보단 낫지 않겠습니까?"

장경철이 흠칫해 물었다.

"날 발판삼아 제천회에 들어오겠단 거요?"

"그냥 들어가는 거라면 그게 무슨 소용 있겠습니까? 최 소 간부 자리는 보장해줘야 들어갈 마음이 생기지 않겠습 니까?"

마음에 들지 않는 듯 장경철이 떨떠름한 표정을 지었다.

그러나 우건은 협상할 생각이 전혀 없다는 듯 단호하게 말했다.

"애초에 수지가 맞아야 장사를 할 게 아닙니까? 전 구룡 문을 배신하면서까지 단주님을 도와드렸는데 단주님이 그 에 맞는 포상을 해주지 않는다면 어떻게 거래할 수 있겠습 니까?"

우건의 본심을 들은 장경철의 말투가 금세 바뀌었다.

"내가 자네에게 포상을 못해주겠다면 그때는 어떻게 할 텐가?"

우건이 문제없다는 투로 대답했다.

"받아내야지요. 세상에 공짜는 없는 법이니까요."

"어떻게 받아낸단 건가?"

"빚쟁이는 빚을 빨리 갚을 생각만 하면 됩니다. 채권자가 빚을 어떻게 받아낼지는 빚쟁이가 신경 쓸 사안이 아니니까요."

장경철은 미간을 잔뜩 찌푸린 상태에서 내력을 끌어올리기 시작했다. 여차하면 손을 쓰겠다는 표현이었다. 경기 북부로 오는 틈틈이 운기요상한 덕분에 제 실력의 6할 이상을 회복한 장경철은 우건 상대로 자신 있다는 표정을 지었다.

우건은 어깨를 으쓱거렸다.

"단주님은 제가 빚을 받아내지 못할 거라 보시는군요."

"난 자네가 가지고 놀 만큼 만만한 사람이 아니네. 내가 붙잡힌 건 누가 암수를 썼기 때문이지 실력으로 진 게 아니야."

장경철이 말을 마치는 순간, 우건은 재빨리 오른손을 뻗었다.

장경철 역시 기다렸다는 듯 그의 성명절기인 천중무장

(天重武掌)을 펼쳐 우건을 공격해갔다. 그러나 천지검법 쾌초식인 생역광음을 손으로 펼친 우건의 공격이 훨씬 빨랐다.

장력이 장심에서 막 쏟아져 나오려는 순간, 우건의 오른손이 장경철의 목을 틀어쥐었다. 장경철의 목이 아무리 두껍더라도 무인이 손에 힘을 주어 꺾으면 부러지기 마련이었다.

장경철은 허탈한 표정으로 장력을 거두며 물었다.

"방금 그건 무슨 초식이오?"

"검초를 손으로 펼친 겁니다."

"검초라면 쾌검식을 말하는 것이오?"

"그렇습니다."

장경철이 자기 목을 틀어쥔 우건의 손을 보며 물었다.

"내가 졌소. 인정할 테니까 그만 목을 놓아주는 게 어떻겠소?"

"이번이 마지막입니다."

"뭐가 마지막이란 거요?"

"다음에 또 내가 빚을 받아낼 자격이 있는지 시험하려 들면, 그땐 나 또한 빚을 받아낼 생각을 하지 않을 거란 뜻입니다."

장경철은 순순히 대답했다.

"명심하겠소."

우건은 장경철의 목에서 손을 떼어 냈다.

그제야 장경철은 휴하는 한숨과 함께 자리에 털썩 주저 앉았다.

"난 운기요상을 좀 더 해야겠소. 놈들이 얼마나 지독하 게 고문을 하던지 삭신이 욱신거려서 제대로 서 있을 수가 없소."

고개를 끄덕인 우건은 조형민이 쓰던 휴대전화를 내밀었 다.

"전화할 데가 있으면 이걸 쓰십시오. 난 주변을 좀 더 둘 러보겠습니다. 구룡문이 여기까지 쫓아왔으면 곤란하니까 요."

휴대전화를 건넨 우건은 바로 방을 나와 마을을 돌아다 녔다.

말은 그렇게 했지만 구룡문 놈들이 여기까지 쫓아왔을 가능성은 희박했다. 3, 40분쯤 돌아다니던 우건은 방으로 돌아갔다.

방에 들어서기 무섭게 장경철이 빌려준 휴대전화를 건넸 다.

"잘 썼소."

우건은 휴대전화를 받으며 전화목록 아이콘을 슬쩍 눌렀 다.

전화목록에 장경철이 건 전화번호가 없었다.

우건이 씩 웃었다.

"단주님은 나를 믿지 못하나 봅니다."

장경철이 살짝 당황한 말투로 물었다.

"왜 그렇게 생각하오?"

"전화목록을 지운 게 증거 아니겠습니까? 날 믿었다면 전화목록까지 지워가며 어디에 전화했는지 숨길 필요가 없었겠죠."

장경철이 헛기침을 하며 급히 둘러댔다.

"보안을 위해 하는 일상적인 조치일 뿐이오."

"뭐 그렇다면 어쩔 수 없죠."

고개를 끄덕인 우건은 다시 나와 본인 전화로 전화를 걸었다.

벨이 한 번 울렸을 때, 김동이 바로 전화를 받았다.

─예, 주공. 말씀하십시오.

─조형민이 쓰던 휴대전화는 계속 감시 중인가?

─예, 실시간으로 감시 중입니다.

─방금 전에 누가 전화를 걸었을 걸세.

─바로 살펴보겠습니다.

잠시 후, 김동이 보고했다.

─예, 누가 다른 사람의 휴대전화로 전화를 걸었습니다.

─전화건 목록을 지웠던데 전화번호를 알아내는 게 가능한가?

-당연히 가능합니다. 휴대전화 전화목록에서 지웠을 뿐, 수신과 발신기록은 계속 남아 있으니까요. 별로 어렵지 않습니다.

-그 전화번호를 추적하게. 분명 고위인사에게 건 전화일 걸세.

-알겠습니다.

장경철이 건 전화번호를 추적해보라는 지시를 내린 다음에는 그가 있던 구룡문 건물에 관한 일을 김동에게 물어보았다.

-구룡문 쪽은 상황이 어떤가?

-규정문주님이 직접 감시 중인데 갈팡질팡하는 것 같답니다.

-갈팡질팡?

-그렇습니다. 주공이 구룡문 건물에 설치해둔 도청기를 통해 알아본 결과, 주공이 그 장경철이란 제천회 간부와 도망친 상황을 어떻게 수습할지를 놓고 갑론을박하는 모양입니다.

우건은 고개를 끄덕였다.

우건의 도움을 받은 장경철이 감옥에서 탈출했다는 말은 곧 구룡문이 서울에 마련한 거점의 위치가 제천회의 귀에 들어갔다는 말과 다르지 않았다. 장경철이 즉시 제천회 본단에 구룡문 거점의 위치를 알려줄 게 틀림없기 때문이었다.

그렇다면 구룡문이 취할 선택은 두 가지로 좁혀졌다.

하나는 제천회가 적귀단의 복수란 명분으로 그들을 공격해오기 전에 건물을 비우는 것이었다. 그리고 다른 하나는 오히려 전력을 전보다 강화시켜 함정을 설치해두는 것이었다.

우건은 급히 물었다.

─구룡문은 어떻게 할 것 같은가?

─방금 전과 달라진 점이 있는지 연락해보고 말씀드리겠습니다.

김동이 구룡문 건물을 감시 중인 최욱에게 연락을 하는 듯 통화가 잠시 끊겼다. 그러나 다행히 오래 걸리지는 않았다.

─방금 들어온 소식인데 무인 수십 명이 구룡문의 거점으로 대거 몰려가는 중이랍니다. 주공께서 보았던 대정회 무인들까지 있는 것을 보면 그쪽에서 승부를 보려는 모양입니다.

김동의 말은 구룡문이 그들 앞에 놓인 두 가지 선택지 중에 함정을 파두고 제천회를 끌어들이는 선택을 했단 뜻이었다.

─알겠네.

대답한 우건은 몇 가지 상황을 점검한 다음 전화를 끊었다.

장경철이 밖으로 나온 것은 그로부터 1시간쯤 지났을 때였다.

장경철은 많이 회복한 듯 전신에 활기가 넘쳤다.

장경철이 다가와 우건에게 물었다.

"이제 어떻게 할 생각인가?"

우건은 피식 웃었다.

장경철이 이유를 모르겠다는 얼굴로 다시 물었다.

"왜 웃는가? 뭔가 재밌는 일이라도 생겼는가?"

"아니, 당신 말투가 재밌어서 웃었을 뿐이오."

"내 말투?"

"불리하면 평대하다가 상황이 유리해졌다 싶으면 다시 하대를 하더군. 본인은 느끼지 못하는지 모르겠지만 별로 좋은 습관은 아닌 것 같소. 당신이 지금 머릿속으로 무슨 생각을 하는지 다른 사람이 알아서 좋을 게 전혀 없으니까 말이오."

장경철이 히죽 웃었다.

"그런 자네 역시 말투가 바뀌었군."

"이제는 서로 속일 필요가 없을 것 같아서 말이오."

장경철은 그럴 줄 알았다는 듯 고개를 크게 주억거렸다.

"역시 제천회에 들어가기 위해 날 구해줬단 말은 거짓이었군."

우건은 주저 없이 고개를 끄덕였다.

"당연하오. 누가 제천회 같은 쓰레기 집단에 들어가려 하겠소?"

송충이처럼 굵은 장경철의 눈썹이 춤을 추듯 한차례 꿈틀댔다.

"앞으로는 말을 좀 더 가려가며 하는 게 신상에 좋을 거야. 방금 전처럼 한 수에 당하는 일은 이제 없을 테니까 말이야."

우건은 고개를 절레절레 저었다.

"운기요상이 꽤 효과가 좋았나 보군."

장경철이 이제 알았냐는 듯 어깨를 으쓱거렸다.

"시간이 많지 않아 구룡문 놈들에게 당한 고문 후유증을 완전히 극복하진 못했지만, 자네 하나쯤은 상대할 자신이 있네."

대꾸한 장경철은 갑자기 우건 뒤를 슬쩍 보았다.

우건은 고개를 돌려 장경철이 무엇을 보는 중인지 확인하지 않았다. 그러나 그가 자신의 뒤를 보는 이유는 알고 있었다.

귀혼청을 펼치는 순간, 차 몇 대가 시골길을 올라오는 소리가 들렸다. 뒤이어 차문이 열리는 소리가 나더니 차에서 내린 몇 명이 그들이 있는 폐가로 걸어오는 소리가 들렸다.

우건은 내력을 끌어올리는 장경철을 바라보며 물었다.

"제천회 본단에 전화했소?"

"당연히 했지."

"본단에서 당신을 구하기 위해 누굴 보냈을지 궁금하군."

"내 실력을 믿기 때문에 많은 사람을 보내지는 않았을 것이네."

그 말을 들은 우건은 고개를 살짝 저었다.

장경철이 미간을 찌푸리며 물었다.

"그건 무슨 뜻이지?"

"난 제천회 본단이 당신을 구하기 위해 최대한 많은, 그리고 최대한 강한 고수를 보내주길 기대했는데 그게 아니라면 실망할 수밖에. 이런 좋은 기회는 좀처럼 오지 않으니까."

장경철은 어이가 없다는 표정으로 다시 물었다.

"나 따윈 안중에 없다는 듯이 들리는데 내가 해석한 게 맞는가?"

"제대로 해석했소. 아 참, 그 전에 한 가지 말해줄 것이 있소."

"뭔데?"

"구룡문 장로 박인로와 싸울 때 암습한 사람이 바로 나였소."

"뭐?"

예상치 못한 대답에 장경철의 눈이 분노로 희번덕거릴 때였다.

쉭!

우건은 오른손으로 생역광음을 펼쳐 장경철의 가슴을 찔렀다.

장경철 역시 평범한 하류잡배는 아닌지라, 상체를 젖혀 피했다.

그러나 이는 허초였다.

우건은 오른손을 거둠과 동시에 어깨를 세워 장경철의 가슴을 다시 공격해갔다. 철산벽의 절초 중 하나인 견검이었다.

우건의 허초에 속은 장경철은 이를 바드득 갈며 두 팔을 교차시켜 막아왔다. 상황이 급해 일단 그가 자랑하는 맷집으로 이번 공격을 막아낸 다음, 천중무장을 펼칠 생각이었다.

그러나 철산벽은 웬만한 맷집으론 버티기가 힘든 무공이었다.

퍽!

견검에 얻어맞은 장경철의 육중한 몸이 지상에서 10센티미터 위로 떠올랐다. 고통으로 얼굴이 일그러진 장경철은 급히 방어를 풀며 오른손 장심을 내밀어 천중무장을 뿌렸다.

부우웅!

무거운 장력 한 줄기가 우건의 상체를 쓸어갔다.

그러나 우건은 이미 섬영보로 피한 상태였다. 장경철이 날린 장력은 그 대신, 죄 없는 바닥에 깊숙한 고랑을 만들어 냈다.

한편, 섬영보로 피한 우건은 지체 없이 태을십사수의 절초를 연이어 펼쳐갔다. 광호기경, 맹룡조옥, 금사점두, 흑웅시록 네 초식을 연달아 펼치는 순간, 장경철의 옷이 사정없이 찢겨나가며 피와 살점이 함박눈처럼 땅바닥에 흩뿌려졌다.

장경철은 그제야 우건이 그의 예상을 훨씬 뛰어넘는 고수임을 깨달은 듯했다. 뒤로 물러서며 방어에 치중하기 시작했다.

우건은 귀혼청으로 장경철을 구하기 위해 제천회 본단이 보냈다는 고수들의 발걸음이 점점 빨라지는 소리를 들었다.

그들이 우건과 장경철이 대결하는 소리를 들었단 뜻이었다.

제천회가 어떤 고수를 보냈는지는 아직 모르지만 장경철을 빨리 제거해두는 편이 다음을 위해 낫다는 판단을 내렸다.

우건은 여느 때처럼 결정을 즉시 행동으로 옮겼다.

섬영보로 거리를 좁힌 우건은 왼손 검지를 살짝 튕겼다.

그 즉시, 새파란 불꽃 한 덩어리가 섬전처럼 허공을 갈랐다.

장경철은 불꽃의 정체를 알지 못했다.

하지만 나이를 허투루 먹은 게 아니라는 듯 불꽃의 정체가 심상치 않음을 느낀 장경철은 급히 철판교로 불꽃을 피했다.

전광석화가 말 그대로 전광석화처럼 빠르긴 하지만, 장경철 역시 전력을 다해 피한 터라 살짝 빗나갈 것처럼 보였다.

그러나 우건은 전광석화처럼 내력 소비가 많은 수법을 한 사람을 상대로 두 번이나 쓸 생각이 없었다. 아니, 여유가 없다는 표현이 더 맞았다. 우건은 이기어검 초입에 입성한 후로 막연히 생각만 해오던 수법을 실전에 처음 적용했다.

어검술을 펼칠 때처럼 장경철을 향해 날아가는 전광석화에 내력을 주입한 것이다. 그러나 전광석화는 검에 비해 면적이 훨씬 작았다. 더구나 속도까지 엄청나게 빠른 탓에 제시간에 내력을 밀어 넣는 게 생각보다 쉽지 않은 작업이었다.

우건은 재빨리 방법을 바꿨다.

전광석화를 조종하기보단 천지검법의 성구폭작을 펼칠 때처럼 내부에 충격을 가해 터트리는 쪽으로 노선을 바꾼 것이다.

그러나 전광석화의 속도가 엄청나게 빠른 탓에 노선을 변경했을 때는 이미 장경철의 머리 위쪽을 지나가는 중이었다.

하지만 우건은 포기하지 않았다.

머리 위를 거의 지나간 전광석화에 성구폭작을 펼쳤다.

그때였다.

퍼엉!

전광석화가 폭죽처럼 공중에서 폭발하며 새파란 불꽃 수백 가닥을 사방으로 뿌려냈다. 불꽃 대부분은 허공으로 향했지만 다행히 그중 두 가닥이 장경철의 뒤통수를 살짝 스쳤다.

그러나 스친 것으로 충분했다.

불꽃에 화약을 집어넣은 것처럼 장경철의 뒤통수에 닿기 무섭게 확 살아나던 불길이 결국 머리 전체에 옮겨 붙었다.

"으아아악!"

장경철은 비명을 지르며 바닥을 미친 듯이 뒹굴었다. 비명은 그를 돕기 위해 온 지원군의 발걸음을 더 빨라지게 했다.

그러나 그들이 현장에 도착했을 땐 이미 장경철의 온몸은 시커멓게 타들어가 사람의 형체를 알아보기 힘든 상태였다.

우건은 천천히 돌아섰다.

그 앞에 처음 보는 고수 네 명이 서 있었다.

맨 오른쪽에 서 있는 사내는 30대 후반으로 보였는데, 무척 잘생겨서 무인이 아니라 영화배우나 탤런트가 온 줄 알았다.

미남 바로 옆에는 키가 작은 중년 여인이 서 있었다. 전체적으로 동글동글한 인상을 지닌 여인이었는데 검의 고수인 듯 왼손 팔목에 연검으로 보이는 은색 팔찌가 둘둘 말려 있었다.

또, 맨 왼쪽에는 머리를 박박 민 험상궂은 인상의 중년 사내가 도집을 등에 비껴 찬 채 팔짱을 낀 자세로 서 있었다. 그리고 중년 사내 옆에는 얼굴에 주름이 자글자글한 노인이 대나무로 만든 죽장(竹杖)을 두 손으로 짚은 채 서 있었다.

얼굴이 잘생긴 사내가 불에 탄 시신을 가리키며 물었다.

"장경철 부단주인가?"

우건은 고개를 끄덕였다.

"그렇소."

"네가 한 짓인가?"

우건은 순순히 인정했다.

"그렇소."

사내는 전음으로 다른 사람들과 의견을 나누다가 다시
물었다.

"난 제천회 대외사자 수안객(秀顔客) 이우진(李雨進)이란
사람이다. 물론, 치졸한 수법을 사용해 장경철 부단주를 쓰
러트렸겠지만 예의상 묻겠다. 무인답게 이름과 소속을 말
해라."

우건은 가볍게 포권하며 대꾸했다.

"구룡문 구견대 타구조 소속 조형민이오."

이우진이 고개를 끄덕이며 물었다.

"구견대 간부인가?"

"아니오."

"그럼 이름 있는 고수의 제자인가?"

"아니오."

"그럼 대체 누구란 말이냐?"

"말했다시피 난 구견대 타구조 소속 말단 조형민일 따름
이오."

"흥, 정체를 밝히지 않을 셈이군."

코웃음을 친 이우진은 곧장 우건에게 달려들었는데 수공
을 장기로 하는 고수인 듯 오른손을 수도로 만들어 목을 찔
렀다.

우건은 상체를 살짝 비틀어 수도를 피했다.

그러나 수도는 허초였다.

이우진은 수도를 만들기 위해 붙여놓았던 다섯 손가락을 짐승의 발톱처럼 살짝 구부려 우건의 가슴 부위를 할퀴어 왔다.

수공이 순식간에 조공으로 변하는 순간이었다.

우건은 이형환위를 펼쳐 피한 다음, 태을십사수로 상대 했다.

캉캉캉캉캉캉!

네 개의 육장이 정신없이 부딪치며 날카로운 소음이 들려왔다.

그렇게 20여 합이 지났을 때였다.

10여 미터 떨어진 곳에 서 있던 제천회 고수 세 명의 동정을 분심공으로 살피던 우건은 그중 키가 작은 중년 여인이 손을 소매 속에 슬쩍 집어넣는 모습을 보며 미간을 찌푸렸다.

중년 여인이 암기를 써서 그를 암습하려는 게 분명했다.

우건은 눈앞에 있는 이우진부터 빨리 처리하기로 마음먹었다.

우건은 이우진이 찔러온 수도를 가볍게 피하며 왼손으로 태을십사수의 상비흡주를 펼쳤다. 상비흡주가 가진 당기는 힘에 이우진의 수도에 실린 내력이 더해지는 순간, 이우진의 몸이 공중으로 약간 떠올라 우건 쪽으로 딸려 들어갔다.

이우진은 끌려가지 않기 위해 재빨리 무게중심을 뒤로 옮겼다.

그때, 귀혼청을 펼친 우건의 귀에 죽장을 쥔 노인이 혀를 끌끌 차는 소리가 들렸다. 노인이 그의 의도를 간파한 것이다.

그러나 이를 모르는 이우진은 무게중심을 계속 뒤로 옮겼다.

우건은 기다렸다는 듯 철마제군으로 이우진의 몸을 밀어 냈다.

무게중심이 뒤에 쏠려 있던 이우진은 철마제군이 쏟아내는 엄청난 힘에 균형을 완전히 잃어버려 몸이 뒤로 확 젖혀졌다.

무인이 균형을 잃었다는 말은 치명적인 파탄이 드러났단 말과 크게 다르지 않았다. 우건은 수도로 생역광음을 펼쳤다.

푹!

수도에 실린 경력이 이우진의 목을 관통하며 지나갔다.

목이 반쯤 잘린 이우진의 시체가 뒤로 천천히 넘어가는 순간.

휙!

날카로운 파공음과 함께 중년 여인이 던진 철침 수십 개가 우건의 요혈을 찔러왔다. 우건은 분심공으로 중년 여인의 행동을 유심히 살펴보던 중이었기에 바로 비원휘비를 펼쳤다.

파파팟!

우건을 향해 날아오던 철침 수십 개가 비원휘비에 막혀 튕겨나갔다. 아니, 지금은 튕겨나갔다는 표현보다는 철침을 던진 중년 여인을 향해 다시 돌아갔다는 표현이 더 맞을 듯했다.

"악!"

외마디 비명을 지른 중년 여인은 급히 팔목에 감아둔 은색 연검을 풀어 풍차처럼 휘둘렀다. 수비가 아주 엄밀하여 그녀를 향해 날아가던 철침 대부분이 사방으로 다시 튕겨나갔다.

그때였다.

죽장을 짚은 노인이 쩌렁쩌렁한 목소리로 일갈했다.

"놈이 온다!"

그 말이 끝나기 무섭게 우건이 공중에서 강림하듯 떨어져 내리며 노인, 중년 여인, 중년 사내 세 명을 동시에 공격해갔다.

그런 우건의 손에는 광망을 뿜어내는 청성검이 들려 있었다.

8장. 이막(二幕)

　우건이 이우진을 태을십사수로 몰아붙일 때였다. 뒤에
서 있던 중년 여인이 암기를 몰래 발출해 우건을 암습하려
들었다.

　분심공으로 싸움에 참가하지 않은 세 명의 동태를 주의
깊게 살피던 우건은 이우진을 처리함과 동시에 몸을 휙 돌
렸다.

　그 순간, 중년 여인이 발출한 철침 수십 개가 날아들었다.

　철침을 어떻게 막을지 이미 생각해 놓았던 우건은 돌아
서기 무섭게 비원휘비를 펼쳐 철침을 중년 여인에게 돌려
보냈다.

깜짝 놀란 중년 여인은 급히 팔목에 찬 연검을 풀어 방어했는데, 그 바람에 사람들의 시선이 중년 여인과 연검에 쏠렸다.

　그때 이미 우건은 비응보로 몸을 솟구친 상태였다.

　우건은 사람들의 시선이 중년 여인과 연검에 쏠려있는 틈을 이용해 2, 30미터가 넘는 거리를 눈 깜짝할 사이에 좁혔다.

　정점에 도달한 우건은 비룡번신의 수법으로 공중에서 몸을 한 바퀴 뒤집은 다음, 나머지 세 명을 향해 몸을 날렸다.

　한데 그때였다.

　우건의 귀에 익숙한 음성이 들려왔다.

　-주공, 접니다.

　우건은 분심공으로 전음이 들려온 방향을 살폈다.

　오른쪽 숲에서 김은과 김철이 그에게 손을 흔드는 중이었다.

　전음을 보낸 사람은 김은이었다. 그리고 김은 옆에 서 있는 김철의 품에는 눈에 익숙한 검집 하나가 소중히 안겨 있었다.

　-주공, 검을 받으십시오!

　전음을 보낸 김철이 검집에서 검을 뽑아 우건에게 던졌다. 사부 원공후에게 일투삼낙이라는 고절한 암기수법을 배운 김철은 빠른 속도로 날아가는 우건에게 정확히 검을 던졌다.

화살처럼 일직선으로 날아온 검이 몸 근처에 이르렀을 때, 우건은 격공섭물을 펼쳐 검 자루를 손 안으로 끌어당겼다.

착!

손에 익을 대로 익은 청성검의 검 자루가 손에 잡히는 순간.

"하앗!"

우건은 망연한 시선으로 그를 올려다보며 서 있는 제천회 고수 세 명을 향해 천지검법의 절초인 유성추월을 펼쳐 갔다.

청성검의 검봉에서 새파란 광채가 폭발하듯 피어오르는 순간.

파파팟!

어른 손목보다 약간 굵은 빛기둥 수십 개가 유성추월이란 이름에 걸맞게 유성처럼 제천회 고수들의 머리에 쏟아졌다.

"피해!"

제천회 고수 세 명은 사방으로 몸을 날려 유성추월을 피했다.

콰콰쾅!

유성추월이 만든 빛기둥이 대지에 작렬할 때마다 귀청을 찢을 듯한 폭음과 함께 흙과 먼지, 잘린 풀 조각이 치솟았다.

유성추월을 피한 제천회 고수 세 명이 돌아서서 우건을 찾았다.

그러나 유성추월이 만들어낸 흙과 먼지가 일대를 뒤덮는 바람에 우건을 찾아내기가 쉽지 않았다. 제천회 고수 세 명은 잔뜩 긴장한 눈으로 흙과 먼지가 가라앉기를 기다렸다.

장경철을 돕기 위해 제천회 본단이 파견한 고수 네 명은 결코 만만한 상대가 아니었다. 넷 다 본단에서 내로라하는 고수였는데 실력이 가장 떨어지는 수안객 이우진이 겁 없이 나섰다가 20여 합 만에 목이 잘려 죽는 수모를 당했다.

먼저 암기를 날려 암습하려 한 중년 여인은 제천회 대외사자 독심선자(毒心仙子) 양홍(陽紅)이었고, 칼을 쓰는 도객은 양홍처럼 대외사자인 혈우도(血雨刀) 오용기(吳龍氣)였다.

마지막으로 죽장을 무기로 쓰는 노인은 제천회 본단에서 호법장로를 맡은 죽장노옹(竹杖老翁) 주문탁(周文卓)이었다.

그때였다.

팟!

우건이 먼지 속에서 갑자기 튀어나와 청성검을 사방으로 찔러갔다. 이번에는 수십, 수백, 수천 개의 작은 검광이 은하수를 이루는 별무리처럼 뭉쳐 제천회 고수들을 포위해갔다.

천지검법의 또 다른 절초인 성하만상이었다.

검광에 포위당한 제천회 고수들은 하는 수 없이 각자 자신 있는 수법으로 성하만상이 만들어낸 검광을 막아내려 하였다.

가장 먼저 독심선자 양홍은 그녀의 은색 연검을 미친 듯이 휘둘러 머리 위에 검기로 만든 얇은 검막(劍幕)을 펼쳤다.

타타타탕!

양홍의 검막에 막힌 검광이 어스러지며 자취를 감췄다.

그러나 양홍의 검막 역시 멀쩡하지는 못했다.

잠시 후, 짙은 은색이던 검막이 점점 얇아지다가 이내 투명하게 변했다. 우건은 거리를 좁히며 선도선무를 전개했다.

쉬익!

청성검의 검봉에서 부챗살처럼 퍼져 나온 검광이 얇아진 검막을 찢어발긴 다음, 그 안에 숨은 양홍의 요혈을 찔러갔다.

양홍은 연검으로 요격을 시도해 보았지만 선도선무가 만든 검광은 마치 그럴 줄 알았다는 듯 곡선을 그리며 회피했다.

결국, 검광 하나가 양홍의 명문혈을 날카롭게 찔러갔다.

"사매!"

혈우도 오용기가 다급하게 달려와 도를 크게 휘둘렀다.

부우웅!

곧 오용기의 도신에서 뻗어 나온 붉은색 도기 한 가닥이 회초리처럼 휘어지다가 선도선무가 만든 검광 옆을 강타했다.

도기와 검광이 부딪치는 순간.

타앙!

쇳소리가 크게 울리며 오용기의 몸이 들썩거렸다.

몸을 돌린 우건은 청성검을 연속 다섯 번 찔러 오검관월을 펼쳤다. 곧 검봉에서 피어오른 검화 다섯 개가 균형을 살짝 잃은 오용기의 요혈 다섯 군데를 거의 동시에 찔러갔다.

오용기는 급히 후퇴하며 수중의 도로 검화를 막으려 들었다.

타타타탕!

쇳소리가 연속 네 번 울리는 순간, 오검관월이 만든 다섯 개의 검화 중 네 개가 희뿌연 잔상을 남기며 자취를 감추었다.

그러나 남은 검화 하나는 드릴처럼 중년 사내가 펼친 방어막을 강제로 돌파해 오용기의 단전으로 섬전처럼 쏘아져 갔다.

오용기의 험상궂은 얼굴이 잔뜩 일그러지는 순간.

"멈춰라!"

갑자기 옆에서 창로한 외침이 들려왔다.

우건은 분심공으로 옆을 슬쩍 보았다.

주문탁이 죽장으로 우건의 옆구리를 후려쳤는데 죽장 주위에 녹색 광망이 어려 있어 막기보단 피하는 게 나을 듯했다.

오용기를 포기한 우건은 몸을 날려 죽장을 가까스로 피했다. 그리고 피함과 동시에 왼손으로 태을진천뢰를 쏟아냈다.

쿠르릉!

은은한 뇌성이 사람들의 귓가를 어지럽히는 순간.

부웅!

양강한 장력 한 줄기가 죽장을 쥔 주문탁의 팔을 때려갔다.

"엄청나구나!"

소리친 주문탁이 죽장을 내리쳐 태을진천뢰를 막아왔다.

태을진천뢰와 죽장이 부딪치는 순간.

강렬한 폭음이 들릴 거라는 사람들의 예상을 깨며 아무런 소리가 나지 않았다. 그 대신, 장력과 죽장이 부딪친 지점에서 마치 누가 풍선을 분 것처럼 투명한 막이 부풀어 올랐다.

소리가 들린 것은 그 다음이었다.

퍼어엉!

풍선이 터질 때처럼 막이 터지며 주변의 공기가 안으로 빨려 들어갔다. 빨아들이는 힘이 얼마나 강한지 고수인 양홍과 오용기는 물론이거니와 멀찍이 떨어져 지켜보던 김은과 김철까지 주춤거리며 몇 발자국 앞으로 끌려들어 갈 정도였다.

원래 들어가는 것이 있으면 나오는 것 역시 있는 법이었다.

엄청난 속도로 빨려 들어간 공기가 한꺼번에 밖으로 쏟아져 나오며 우건과 주문탁 사이의 거리를 10여 미터로 늘렸다.

우건은 천근추로 버티다가 다시 거리를 좁히며 청성검을 찔러갔다. 생역광음이 만들어낸 새파란 검광이 레이저처럼 주문탁의 인후를 짓쳐갔다. 폭발 여파에 휘말려 비틀거리던 주문탁은 급히 고개를 틀었지만 검광이 왼쪽 눈을 스쳤다.

주문탁의 하관으로 눈의 유리액과 핏물이 뒤섞여 흘러내렸다.

"으아아!"

한쪽 눈을 실명한 노인은 죽장으로 우건의 접근을 차단했다.

그때였다.

뒤에서 옷자락 스치는 소리가 들려왔다.

우건은 급히 분심공으로 뒤를 살펴보았다.

양홍과 오용기가 주문탁을 구하기 위해 달려오는 중이었다.

우건이 만약 여기서 몸을 돌려 양홍과 오용기를 막아간다면 그 틈에 시간을 번 주문탁은 몸을 추스를 것이 분명했다.

그렇다고 이대로 주문탁을 공격해가자니 양홍과 오용기의 강력한 공격을 얇은 호신강기 하나로 버텨낼 재간이 없었다.

우건은 결국 방금 전에 사용한 방법을 한 번 더 쓰기로 했다.

쿠르릉!

우건은 전력을 다한 태을진천뢰로 주문탁의 죽장을 짓쳐 갔다.

이번 역시 마찬가지였다.

소리 대신 투명한 막이 풍선처럼 부풀어 오르다가 더 이상 부풀어 오를 수 없는 시점에 이르렀을 때 갑자기 폭발했다.

퍼어엉!

굉음과 함께 쏟아져 나온 막대한 충격파가 우건의 등을 공격하려던 양홍과 오용기 두 명의 몸을 뒤로 멀찍이 밀어냈다.

우건은 그 틈에 천지검법의 천인합일로 청성검과 함께 날아올라 주문탁에게 쏘아져 갔다. 방금 전 충돌에서 내상을 입은 듯 피를 토하며 비틀거리던 주문탁은 신검합일해 날아오는 우건의 모습을 보곤 대경실색해 급히 죽장으로 막았다.

그러나 천인합일은 괜히 천인합일이 아니었다.

죽장을 다 휘두르기 전에 우건의 청성검이 먼저 주문탁의 목을 갈라버렸다. 목이 반 이상 잘려 나간 주문탁이 믿을 수 없다는 듯 눈을 치켜뜬 표정으로 천천히 쓰러질 때였다.

돌아선 우건은 청성검을 공중으로 던졌다. 그리곤 자유로워진 양손으로 태을음양수를 펼쳐 양홍과 오용기를 공격해갔다.

양홍은 급히 피하려다가 태을음수에 맞아 그 자리에 얼어붙었다. 또, 오용기는 도로 막으려다가 도와 함께 불타올랐다.

공중으로 던져둔 청성검이 중력에 의해 다시 우건의 손으로 빨려 들어갔을 때였다. 태을음수에 맞아 그 자리에 얼어붙었던 양홍은 몸에 금이 쩍쩍 가다가 결국 수천 개의 얼음조각으로 변해 바닥에 흩어졌다. 그리고 태을양수에 맞아 몸이 불타버린 오용기 역시 한 줌 재로 변했다가 그 재마저 어디선가 불어온 바람에 의해 서서히 자취를 감추었다.

순식간에 고수 세 명을 쓰러트린 우건은 숨을 크게 들이마신 다음, 선 자세에서 내력을 일주천해 보았다. 내력은 아직 충분했다. 이 상태로 한 시간은 더 싸울 수 있을 듯했다.

　그때였다.

　김은과 김철이 허겁지겁 달려와 우건에게 머리를 숙여보였다.

　"고생하셨습니다."

　우건은 고개를 끄덕이며 김은에게 물었다.

　"별것 아니었네. 그보다 구룡문 쪽은?"

　"구룡문이 서울에 만든 임시 거점에서 구정연합, 제천회 양측의 고수 수십 명이 맞붙었단 소식을 방금 전에 들었습니다."

　"결과는?"

　"양측 다 큰 피해를 입은 상태에서 일단 후퇴한 것 같습니다."

　대답한 김은이 여기저기 널려 있는 시체를 가리키며 물었다.

　"시체는 어떻게 처리할까요?"

　"그냥 두게."

　"그냥 두면 주공의 정체가 탄로 나지 않겠습니까?"

　우건은 고개를 저었다.

"무림에는 양강한 무공으로 상대를 태워버리는 무공이 꽤 있네. 불에 탔다는 사실로 내 정체를 단번에 알아내지는 못할 것이네. 태을음양수에 당해 얼어붙은 시신은 신경이 좀 쓰이지만 날이 더워서 제천회가 사람을 보냈을 때는 이미 녹아 있을 것이네. 이 정도로는 내 정체를 알아내지 못하네."

김철이 이해가 안 간다는 표정으로 물었다.

"이번에만 시체를 남겨두는 이유가 무엇입니까?"

"장경철을 지원하기 위해 보낸 고수들에게서 소식이 없으면 제천회 본단은 다른 사람을 보내 현장을 확인하려 할 것이네. 그때, 동료들의 시체를 발견하면 화가 머리 꼭대기까지 솟겠지. 장경철은 죽기 직전까지 내가 구룡문 구견대 소속 조형민으로 알았으니까. 아마 나 몰래 본단에 연락했을 때 내 정체를 그렇게 말했을 확률이 높네. 그들은 그들의 동료를 죽인 게 내가 아니라, 구룡문도 조형민으로 알 것이네."

김철이 그제야 이해했다는 듯 고개를 끄덕였다.

"구룡문에 대한 적개심이 더 커지겠군요."

"그럴 가능성이 높지."

우건은 김은이 가져온 차를 타고 서울로 돌아갔다.

구룡문도 조형민으로 위장한 날은 기껏해야 4, 5일에 불과했지만 수연의원에 돌아가는 게 꽤 오랜만이란 느낌을 받았다.

무심코 의원 2층 문을 연 우건은 그를 보며 깜짝 놀라는 수연을 본 다음에야 위장을 지우지 않았단 사실을 깨달았다.

"아, 미안."

우건은 서둘러 김철이 만든 인피면구를 벗었다.

구룡문에 잠입해 있는 동안 나름대로 꽤 긴장한 상태였기 때문에 인피면구를 벗는 순간, 시원하단 느낌을 먼저 받았다.

수연이 싱글거리며 물었다.

"저녁은 먹었어요?"

"아직 먹기 전이야."

"구룡문에선 밥을 잘 안 주나 보죠?"

"식당이 없었어. 배달을 시켜먹거나, 군것질로 배를 채우더군."

수연이 딱하다는 표정으로 우건을 바라보았다.

"그럼 구룡문에 잠입해 있는 내내 쫄쫄 굶었겠군요. 사형은 배달음식이나 스낵 같은 애들 군것질거리를 싫어하잖아요."

우건은 고개를 저었다.

"위장한 상태에선 내가 아니라 위장한 사람으로 행동해야 들키지 않으니까, 다른 문도들처럼 배달음식으로 배를 채웠지."

수연이 고개를 절레절레 저었다.

"아직 눈치 못 챈 거예요?"

"뭐를?"

"목소리 말이에요."

"아."

우건은 그제야 성대에 붙여 놓은 마이크가 떠올랐다. 조형민으로 위장하기 위해 말을 하면 조형민의 목소리가 흘러나오게 해주는 성대 마이크를 착용한 상태로 대화했던 것이다.

우건은 성대 마이크를 떼며 피식 웃었다.

그는 자신이 이런 실수를 할 거라 생각하지 못했다.

아마 수연의원이 내 집처럼 편안하기에 눈치 채지 못한 것 같았다. 아니, 수연의원보다는 수연을 편하게 느낀다는 게 더 맞는 듯했다. 어쨌든 우건은 집에 온 듯한 느낌을 받았다.

수연과 식사한 우건은 옥상 연공실을 찾아 무공을 수련했다. 구룡문에 잠입해 있을 때는 심법 외에 다른 무공을 수련할 틈이 없어 꽤 답답했기 때문에 천지검법을 주로 수련했다.

수련을 마친 다음에는 오랜만에 수연과 대련을 하며 그녀의 무공을 봐주었다. 수연은 그가 잠시 떠나 있는 동안, 혼자서 연공을 꾸준히 해온 듯했다. 전보다 실력이 올라가 있었다.

다음 날 오전에 우건은 신혼여행에서 돌아온 원공후 부부의 방문을 받았다. 하와이로 신혼여행을 떠났던 원공후 부부는 좋은 시간을 보낸 듯 둘 다 행복한 표정을 감추지 못했다.

수연이 정미경을 부엌 식탁으로 이끌었다.

"신혼여행 얘기 좀 해주세요."

정미경은 못이기는 척 수연을 따라 부엌으로 들어갔다.

남편이 우건과 긴히 할 이야기가 있다는 것을 눈치 챈 것이다.

수연과 함께 부엌으로 걸어가는 정미경의 뒷모습을 흐뭇한 시선으로 한동안 지켜보던 원공후가 목소리를 낮춰 말했다.

"주공께서도 얼른 혼인하십시오."

"깨가 쏟아지는가보오?"

"하하, 깨가 쏟아지다 뿐입니까. 요즘은 아예 깨 속에 들어가 사는 기분입니다. 이 좋은 걸 왜 안 했는지 모르겠습니다."

우건은 화제를 다른 쪽으로 돌렸다.

그냥 두면 원공후가 밤새도록 결혼 예찬론을 펼칠 것 같았다.

우건은 잠시 떠나 있던 원공후에게 그동안 있었던 일을 간략히 설명했다. 제천회와 구룡문을 양패구상시키기 위해 구룡문에 잠입한 일, 그리고 잠입에 성공해 구정연합이

수원에 있던 제천회 적귀단을 습격해 박살낸 일 등을 설명
해주었다.

설명을 들은 원공후가 고개를 끄덕였다.

"그럼 이제 제대로 불이 붙은 셈이군요."

"그렇소. 제천회와 구룡문이 서로를 불구대천의 원수로
여길 테니까 이제는 정말 끝을 볼 날이 얼마 남지 않은 것
같소."

두 사람은 쾌영문에 가서 김동을 찾았다.

김동은 밤을 새워가며 우건이 준 정보를 분석 중에 있었
다.

이번에 우건은 김동에게 두 가지 정보를 더 줄 수가 있었
다.

하나는 우건이 구룡문 서울 거점에 잠입했을 때, 구견대
주 참사검 국성필의 집무실에 몰래 숨어들어가 빼낸 정보
였다.

우건은 그때 국성필이 쓰던 전화와 컴퓨터에 해킹 툴을
심어 김동이 구룡문의 내부정보를 마음대로 엿볼 수 있게
해줬다.

그리고 다른 하나는 장경철을 속여 얻은 정보였다. 우건
은 그가 위장한 조형민이 구룡문을 배신한 것처럼 장경철
을 속인 다음, 그에게 휴대전화를 건네 전화를 걸게 만들었
다.

IT기술이 얼마나 발전했는지, 그리고 보안에 얼마나 취약한지에 대한 정보가 전혀 없던 장경철은 우건의 계략에 순순히 넘어가 그가 방에 없을 때, 제천회 본단에 전화를 걸었다.

장경철은 목록에서 통화한 번호를 지우면 우건이 전화통화를 추적하지 못할 거라 생각했지만 이는 크나큰 착각이었다.

김동은 장경철이 건 전화번호를 조사해 추적하기 시작했다.

장경철의 구원요청을 받은 제천회 본단은 그를 우건의 손에서 구해내기 위해 호법과 대외사자를 농가에 파견했다.

또, 구룡문의 서울 거점을 급습하기 위해 50여 명에 이르는 병력을 재빨리 파견했다. 이런 재빠른 조치는 제천회 본단에서 힘이 어느 정도 있는 사람이 아니면 하기가 힘들었다.

즉, 장경철이 농가에서 전화를 건 상대가 제천회 본단에서 중요한 위치에 있는 사람이란 뜻이기에 그 번호를 추적하면 베일에 감춰져 있는 제천회 본단이 드러날지 모르는 일이었다.

김동은 구룡문과 제천회가 그들이 간신히 잡은 실마리를 없애버리기 전에 신속히 움직여 최대한 많은 정보를 빼냈다.

김동은 우건과 원공후가 그를 찾아올 줄 안 듯했다.

바로 복사한 문서 몇 장을 나눠준 다음, 문서 내용을 설명했다.

"먼저 구룡문은 보안을 거의 신경 쓰지 않는 듯했습니다. 주공께서 국성필이란 자의 전화와 컴퓨터에 해킹 툴을 심어주신 덕분에 구룡문의 거점과 병력을 파악할 수 있었습니다."

김동에 따르면 구룡문은 현재 전국에 다섯 개 거점을 마련한 상태였다. 우선 제주의 본문이 부산으로 옮겨와 있었다.

원래 한국에서 명실상부 제 2도시인 부산은 제천회 범천단이 범천그룹을 만들어 장악한 도시였다. 그러나 우건이 범천단을 일망타진하는 바람에 잠시 주인이 사라진 상태였다.

구룡문이 그런 사실을 알았는지는 모르겠지만 어쨌든 제주와 가까운 부산에 상륙해 그곳에 첫 번째 거점을 구축했다.

이를테면 부산이 한반도 점령을 위한 상륙거점인 셈이었다.

권력에 공백이 생긴 틈을 이용해 부산을 점령하는 데 성공한 구룡문은 점차 영향력을 다른 도시로 확대하기 시작했다.

곧 광주, 대구, 대전를 차례대로 손에 넣으며 수도권을 제외한 한국 전 지역에 영향력을 행사하는 대문파로 성장했다.

급기야는 제천회가 장악한 핵심지역이라 할 수 있는 서울의 도심에 거점을 구축해 제천회의 정보를 모으기까지 했다.

우건이 얼마 전에 잠입한 건물이 바로 그 임시 거점이었다.

문서를 살펴보던 우건이 물었다.

"대정회 소속 무인은 한국에 얼마나 들어와 있는 건가?"

"최소 백여 명은 넘을 것 같습니다."

"구룡문이 3백여 명이니까 합치면 5백 명에 가까운 숫자군."

"그렇습니다."

그 5백 명이 전부 절정고수는 아니지만 상당한 전력임엔 틀림없었다. 더욱이 상황이 나빠지면 대정회가 전력을 더 투입할 가능성이 높아 순식간에 6, 7백으로 늘어날 수 있었다.

구룡문 다음은 제천회였다.

김동은 장경철이 건 전화번호를 추적해 제천회 칠성좌 중 하나인 마혼단(摩魂團)의 위치와 그들이 하는 일을 알아냈다.

김동은 장경철이 본단에 바로 연락하기보다는 친분이 있는 마혼단 간부에게 먼저 연락한 것 같다는 추측을 내놓았다.

부탁을 받은 마혼단 간부는 다시 이를 제천회 본단에 알렸고 본단에서 장경철을 지원하기 위해 고수를 파견한 것이다.

만약, 장경철이 마혼단 간부 대신에 제천회 본단에 근무하는 고위 간부에게 바로 연락을 취했다면 본단 위치를 알아낼 수 있었을 테지만 그런 행운까진 따라주지 않는 모양이었다.

우건은 실망한 기색을 드러내지 않으며 김동에게 지시했다.

"마혼단에 대해 말해보게."

"예."

인천 항구에 위치한 마혼단은 밀수로 돈을 버는 조직이었다. 금, 다이아몬드와 같은 귀금속부터 담배, 명품 가방, 주류 등 세금이 많이 붙는 물품을 밀수해 팔아치우는 조직이었다.

그때였다.

구룡문 서울 임시 거점을 감시하던 남영준이 돌아왔다.

우건과 원공후에게 절을 한 남영준이 그 간의 일을 보고했다.

"소질(小姪)은 사부님과 함께 주공께서 잠입했던 건물을 감시하는 중이었는데, 상황에 큰 변화가 생겨 보고하러왔습니다."

원공후가 급히 물었다.

"상황이 어떻게 변했단 건가?"

"구룡문은 서울에 있는 임시 거점을 계속 고수하면 제천회가 후속공격을 해올지 모른단 생각을 한 듯 철수에 나섰습니다."

원공후가 다그치듯 물었다.

"어디로 말인가?"

남영준이 지체 없이 대답했다.

"몰래 추격해본 결과, 인천 부평에 새 거점을 마련한 것 같았습니다. 사부님께선 구룡문이 전열을 정비하기 위해 적지 한복판인 서울에서 일단 한발 물러난 것 같다 하셨습니다."

원공후가 기분이 좋은 듯 껄껄 웃었다.

"하하, 구룡문의 새 거점이 인천 부평이라면 인천 항구에 있다는 제천회 마혼단과는 엎어지면 코 닿을 거리가 아닙니까? 놈들은 전열을 정비하기 위해 인천으로 도망쳤을 테지만 그곳이 범의 아가리 근처란 사실을 꿈에도 몰랐을 겁니다."

원공후의 말대로였다.

구룡문의 새 거점과 제천회 마혼단의 위치가 가깝다는
말은 그들이 충돌하게 만들기 쉽다는 뜻과 매한가지인 것
이다.

세상일이란 모름지기 멀수록 가깝고 가까울수록 먼 법이
었다.

멀리 떨어져 있을 땐 친구로 지낼 수 있지만 가까이 붙어
있을 때는 친구보다는 적으로 만날 가능성이 훨씬 높은 것
이다.

작전을 상의한 일행은 바로 인천으로 넘어갔다.

원래 이런 종류의 일은 상대가 이쪽의 숨은 저의(底意)를
간파하지 못할 정도로 정신없이 몰아쳐야 효과가 큰 법이
었다.

원공후의 도움으로 위장을 마친 우건은 최욱이 감시 중
인 구룡문의 새 거점으로 이동했다. 구룡문은 인천 부평에
있는 다세대주택 몇 개를 통째로 빌려 거점으로 사용 중이
었다.

구룡문의 새 거점에 도착한 우건은 최욱을 만나 보고를
받았다.

최욱에 따르면 구룡문 문도들은 서울에서 있었던 제천회
와의 충돌로 인해 거의 터지기 직전인 상태였다. 즉, 누가
살짝만 건드려도 우르르 쏟아져 나올 가능성이 아주 높았
다.

설명을 들은 우건은 최욱과 함께 구룡문의 새 거점으로 향했다.

거점 입구에는 구룡문 문도 10여 명이 나와 지키고 서 있었다.

최욱과 눈빛을 나눈 우건은 바로 뛰어들어 주먹을 휘둘렀다.

"어?"

동료와 얘기를 나누던 문도 하나가 갑자기 들려온 세찬 파공성에 놀라 고개를 돌리다가 주먹에 얼굴을 정통으로 맞았다.

퍽!

코와 인중이 푹 들어가며 코피를 쏟은 문도가 붕 떠올라 물수제비처럼 바닥을 몇 번 튕기다가 벽에 부딪쳐 쓰러졌다.

"적이다!"

"제천회의 기습이다!"

주변에 있던 문도들이 소리치며 꿀을 발견한 벌떼처럼 우건과 최욱 쪽으로 모여들었다. 우건을 앞지른 최욱은 철산벽으로 그에게 달려드는 구룡문 문도 몇을 단숨에 박살냈다.

모여든 구룡문 문도 중에 몇 명은 철산벽의 다른 이름인 철무조화련을 익혀 최욱이 펼치는 무공을 알아볼 수 있었다.

그러나 겉모습만 비슷할 뿐이었다.

그 위력은 천양지차(天壤之差)에 가까웠다.

"뭐, 뭐지?"

"제, 제천회 놈이 어떻게 철, 철무조화련을 아는 거야?"

최욱을 본 구룡문 문도들은 당황한 모습을 역력히 드러냈다.

자신과 같은 무공을 쓰는 사람이 자신들을 공격하는 상황이었다. 이는 배신자가 있다는 뜻이라 당황하는 게 당연했다.

더욱이 최욱은 구룡문 첩자 임무를 수행하기 위해 그의 삶 대부분을 특무대 제로팀에서 보낸지라 알아보는 이가 없었다.

그때였다.

한영쇄풍검 박인로가 공중에서 대붕처럼 날아들며 고함쳤다.

"당황하지 마라! 놈은 본문을 배신한 역도 무언객 최욱이다!"

구룡문 장로인 박인로는 일반 문도들과 달리 기밀정보에 접근할 권한을 가지고 있어 회를 배신한 최욱이 도망쳤단 사실을 알고 있었다. 최욱을 없애기 위해 구룡문 문주가 직접 고수들을 대거 파견했지만 그를 죽이는 데 실패한 것이다.

박인로는 최욱을 없애야 당황한 부하들을 진정시킬 수 있단 생각을 한 듯했다. 곧장 최욱에게 달려들며 검을 찔러왔다.

쉬익!

검봉이 흔들릴 때마다 검기가 튀어나와 최욱의 요혈을 찔렀다.

최욱의 예전 모습밖에 기억 못하는 박인로는 이번 일격으로 최욱을 최소한 물러서게는 할 수 있을 거라 예상하였다.

한데 웬걸 최욱은 그의 검초를 가볍게 막아내는 게 아닌가.

아니, 막는 수준을 넘어 반격까지 해왔다.

제자리에서 팽이처럼 회전해 박인로가 날린 검기를 피해낸 최욱은 어깨를 세워 박인로의 왼쪽 가슴으로 뛰어들었다.

철산벽의 절초 견검이었다.

박인로는 오른쪽으로 회전해 공격을 피하며 다시 검을 찔렀다.

곡선을 그린 검기가 최욱의 옆구리를 날카롭게 찔러 들어갔다.

카앙!

최욱은 호신강기로 감싼 왼손을 내리쳐 검기를 막아낸 다음, 오른손을 뻗어 박인로의 오른 어깨를 비틀듯이 잡아갔다.

철산벽의 또 다른 절초인 연수였다.

박인로는 어깨를 잡히지 않기 위해 몸을 획 틀었다.

그러나 이는 최욱의 허초였다.

최욱은 애초에 연수를 펼칠 생각이 없었다.

박인로가 몸을 획 트는 틈을 노려 거리를 바짝 좁힌 최욱은 팔꿈치를 강하게 휘둘러 박인로의 목을 날카롭게 베어갔다.

철산벽의 관도란 수법이었다.

그러나 박인로 역시 나이를 허투루 먹은 게 아니라는 듯 검 자루로 최욱이 펼친 관도를 막아갔다. 결국, 강철로 만든 단단한 검 자루와 피육으로 이뤄진 사람의 팔꿈치가 정면으로 충돌했다. 누가 봐도 팔꿈치가 먼저 부러지는 형세였다.

그러나 드러난 결과는 정반대였다.

팔꿈치에 실린 힘을 이기지 못해 검이 먼저 밀려난 것이다.

최욱은 그 자세에서 반대편 팔꿈치를 왕복하듯 다시 휘둘렀다.

관도를 연속으로 펼치는 연중관도(聯重關刀)란 수법이었다.

박인로는 재빨리 고개를 뒤로 젖혔지만 팔꿈치 끝이 코를 스친 듯했다. 코뼈가 박살나며 코피가 분수처럼 튀어나왔다.

최욱은 그 자리에서 몸을 살짝 띄워 이마로 박인로의 머리를 때려갔다. 철산벽 초식 중에 가장 강력하다는 두곤이었다.

박인로는 뒤늦게 자기가 최욱을 얕봤단 사실을 깨달았지만 이미 엎질러진 물이었다. 쓸어 담기엔 이미 늦은 것이다.

그때였다.

부우웅!

회색빛 도광 하나가 섬전 같은 속도로 최욱에게 날아들었다.

이대로 두곤을 끝까지 펼쳐 가면 박인로에게 중상을 입힐 수 있었지만 공격을 하는 최욱 역시 무사하기 쉽지 않았다.

최욱은 하는 수 없이 보법을 펼쳐 후퇴하며 도광을 피했다.

촤아악!

최욱과 박인로 사이에 떨어진 회색빛 도광이 바닥을 가르며 꽤 깊은 골을 만들어 냈다. 아슬아슬한 시점에 도광을 쏘아 보내 박인로를 구한 적의 지원군이 꽤 고수라는 뜻이었다.

최욱은 피하길 잘했다는 생각을 하며 고개를 돌렸다. 대정회 간부 무라카미 시게오가 일본도로 그를 겨누며 서 있었다.

최욱은 승부욕이 끓어올랐지만 지금은 시기가 좋지 못했다.

최욱은 보법을 밟아 후퇴하며 우건을 찾았다.

우건은 최욱이 박인로를 몰아붙이는 동안, 구룡문 문도 대여섯 명을 주먹으로 때려눕히는 성과를 거두었다. 그리고 지금은 구건대주 참사검 국성필과 치열한 대결을 펼치는 중이었다.

우건은 삼도권법으로 국성필의 검법을 상대했다. 삼도권법은 입문무공으로 투로가 단순해 상대에게 읽히기 쉽다는 단점이 있었다. 그러나 그 단점을 경험과 초식배합으로 보완한 우건은 국성필의 검법에 떨어지지 않는 위력을 선보였다.

그때였다.

우건의 초식이 갑자기 바뀌었다.

뒤로 후퇴하며 우건을 지켜보던 최욱의 눈이 화등잔만 해졌다.

우건이 철산벽으로 국성필을 상대하기 시작한 것이다.

우건은 하단을 찔러온 국성필의 검을 무릎을 굽혀 피해 냈다.

겉으로 보기엔 쉬워 보이지만 속도와 타이밍이 맞지 않으면 당하기 쉬운 탓에 웬만한 강심장이 아니고선 하기 힘들었다.

국성필은 검초를 다시 펼치기 위해 뒤로 한 발자국 물러서며 검신을 본인 쪽으로 끌어당겼다. 한데 우건은 무릎을 굽힌 자세 그대로 어깨를 세워 국성필의 품으로 뛰어 들어갔다.

마치 박인로의 검과 우건이 한 몸처럼 움직이는 듯했다.

국성필은 급히 뒤로 후퇴하며 검을 도처럼 휘둘러 우건의 어깨를 베어갔다. 국성필 입장에선 최선의 방어라 할 수 있었다.

그때, 자세를 더 낮춘 우건이 오른발을 갈고리처럼 만들어 국성필의 발뒤꿈치에 걸었다. 철산벽의 각구(脚鉤)란 수법이었다. 국성필은 각구를 피하기 위해 급히 발을 들어올렸다.

우건은 기다렸다는 듯 각구를 회수한 다음, 굽힌 상체를 똑바로 세웠다. 우건이 국성필보다 한참 컸기에 마주 본 상태에서는 우건이 국성필보다 머리 하나는 더 위로 올라와 있었다.

쉬익!

우건은 왼손을 창처럼 만들어 국성필의 목을 찔러갔다.

철산벽의 수창(手槍)이란 수법이었다.

국성필은 수창을 피하기 위해 고개를 옆으로 홱 꺾었다.

수창이 그렇게 허공으로 빗나가는가 싶던 그 순간, 우건은 창처럼 만들었던 왼손을 낫처럼 굽혀 국성필의 머리를 잡았다.

수창이 장겸(掌鎌)으로 이어지는 절묘한 변초였다.

우건은 국성필의 머리가 손에 잡히는 순간, 밑으로 휙 당겼다. 그리고는 오른 무릎을 세워 그대로 얼굴에 찍어버렸다.

콰직!

슬파(膝破)의 가공할 위력은 국성필의 얼굴을 박살내는 선에서 그치지 않았다. 슬파에 실린 경력이 얼굴을 지나 뇌까지 짓이기는 바람에 칠공에서 피를 토한 국성필은 즉사했다.

국성필을 때려죽인 우건은 최욱과 함께 현장에서 도망쳤다.

9장. 전개(展開)

당연히 분노한 구정연합은 우건과 최욱의 뒤를 쫓기 시
작했다.

우건은 속도를 조절해 구정연합이 두 사람을 계속 추적
할 수 있게 해주었다. 구정연합은 그들의 경신법이 뛰어나
상대를 놓치지 않는 줄로 알겠지만 사실은 그 반대였던 것
이다.

몇 시간 동안 잡힐 듯 잡히지 않으면서 구정연합 무인들
을 제천회 마혼단이 있는 인천 항구까지 유인한 두 사람은
김동이 찾은 마혼단 본단 근처에서 갑자기 모습을 감추었
다.

"놈들은 멀리 가진 못했을 것이다!"

"모두 흩어져서 이 근처를 샅샅이 훑어라!"

"예!"

당연히 화가 난 구정연합 무인들은 그 일대를 샅샅이 뒤졌다.

그때였다.

"뭔가 수상한데?"

구룡문 문도 몇 명이 마혼단 본단이 위치한 10층짜리 현대식 건물 앞을 어슬렁거렸다. 그 다음부터는 그들을 따로 유인할 필요가 없었다. 구룡문 문도들은 곧장 10층 건물에 몰려가 마혼단을 공격했다. 당연히 기습당한 마혼단 쪽 역시 세찬 반격을 가하기 시작했다. 곧 양측이 거세게 맞붙었다.

양측의 싸움은 밤새도록 이어졌다. 더욱이 새벽 무렵에는 소식을 들은 제천회, 구정연합 양측이 지원 병력을 대거 급파하는 바람에 피해가 점점 눈덩이처럼 불어나기 시작했다.

정작 이번 사건을 일으킨 흉수라 할 수 있는 우건과 최욱은 숨어서 제천회와 구정연합이 상잔하는 모습을 묵묵히 지켜볼 따름이었다.

우건은 양측의 충돌을 지켜보며 냉정히 계산했다.

우건이 가장 원하는 상황은 제천회와 구정연합 양측의 기둥뿌리가 완전히 뽑힐 때까지 서로 치열하게 싸우는 것이었다.

즉, 한쪽이 일방적으로 몰리는 상황은 원치 않는다는 뜻이었다.

우건의 계산으로 구정연합은 5백여 명의 전력 중에서 1백여 명이 죽거나 다치는 피해를 입었다. 즉 20퍼센트의 손실이 생긴 셈이었다. 그리고 제천회는 칠성좌 중 네 개를, 삼당 중 한 개를 잃어 전력의 50퍼센트를 잃은 상황이었다.

그러나 두 조직은 애초에 규모 자체가 달랐다.

제천회가 구룡문보다 훨씬 큰 탓에 제천회의 전력을 줄여놓지 않으면 구룡문은 숫자와 전력에서 밀릴 수밖에 없었다.

대정회가 구룡문을 도와준다지만 그 지원한 전력의 양이 양측의 전력 차를 메울 정도의 규모와 수준은 결코 아니었다.

우건은 최욱에게 돌아가는 상황을 지켜보게 한 다음, 자신은 마혼단 건물 안으로 몰래 잠입했다. 마혼단 단원 대부분이 구룡문과 싸우는 중이어서 건물을 지키는 단원이 적었다.

우건은 일월보로 신형을 감춘 상태에서 해킹할 컴퓨터를 찾았다. 계단을 따라 위층으로 올라가며 수색하던 우건은 마침내 건물 9층 복도에서 원하던 목표를 찾는 데 성공했다.

우건은 9층 복도 끝에 있는 사무실 문 앞으로 걸어갔다.

사무실 문 옆에는 전산실(電算室)이라 적힌 문패가 있었다.

무림 문파는 문주의 처소와 함께 무공 비급을 소장하는 장경각(藏經閣)을 중요한 요충지로 판단해 방비를 철저히 했다.

한데 그런 경향이 현대 무림에 들어와서는 조금 달라졌다. 지금은 문파의 중요한 정보를 저장하는 전산실을 반드시 보호해야 할 중요한 요충지로 생각하는 경우가 대부분이었다.

마혼단은 지금 조직의 존폐(存廢)를 놓고 구정연합과 싸우는 중이었지만 전산실만은 보호해야 한단 생각을 했는지 전산실 앞에 문도 두 명이 눈을 부릅뜬 자세로 경계 중이었다.

우건은 일월보를 품과 동시에 무음무영지를 날려 문도 두 명의 혈도를 점혈했다. 혈도가 짚여 꼼짝 못하는 문도 사이를 통과한 우건은 전산실 문 앞에 서서 파금장을 발출했다.

퍼엉!

우그러진 문이 떨어져 나가며 전산실 안이 드러났다.

데스크톱 서너 대와 서버로 보이는 장치가 윙하는 소음을 내며 돌아가는 중이었다. 우건은 서버와 데스크톱에 해킹

툴을 각각 심어 김동이 자료를 다운받을 수 있게 만들었다.

작업을 마친 우건은 주위를 둘러보았다.

감시카메라는 없었지만 마혼단 단원이 나중에 돌아와 이 모습을 본다면 해킹당했단 사실을 눈치 챌 가능성이 높았다.

우건은 건물을 돌아다니며 문을 부수거나, 건물 내부를 지키는 문도를 공격해 구룡문 문도가 쳐들어온 것처럼 꾸몄다.

작업을 마친 우건은 휴대전화로 최욱에게 물었다.

−밖의 상황은 어떻소?

−마혼단이 구정연합을 점차 몰아내는 중입니다.

우건은 화제를 바꿨다.

−경찰이나, 근처 주민이 현장에 나타나진 않았소?

−마혼단이 평소에 본단 근처에 오지 못하도록 겁을 줬나 봅니다. 지금까지 현장에 나타난 외부인은 전혀 없었습니다.

전화를 끊은 우건은 1층으로 내려와 현관문을 열었다.

최욱 말대로 마혼단이 점차 구정연합을 몰아내는 중이었다.

제천회가 좀 더 많은 피해를 보길 원하는 입장에서는 기분 좋은 광경이 아니었다. 우건은 마혼단 안으로 뛰어들었다.

현관 앞 계단에 앉아서 상처에 붕대를 감던 마혼단 단원 하나가 의심스런 눈초리로 우건의 행색을 훑어보며 물었다.

"처음 보는 얼굴인데 어디 소속이냐?"

우건은 현재 조형민의 얼굴로 위장해 있었다.

그가 의심하는 게 당연했다.

그러나 우건은 대답 대신 철혈각으로 단원의 얼굴을 걸 어찼다.

얼굴을 차인 단원이 쿵쿵 소리를 내며 계단을 굴러 내려 갔다.

안전할 거라 생각한 방향에서 들려온 소음은 긴장해 있 던 마혼단 단원들이 깜짝 놀라 뒤돌아보게 만들기에 충분 했다.

우건의 주먹에 정통으로 맞아 얼굴이 망가진 단원과 계 단 위에 서 있는 우건의 모습을 번갈아 보던 단원들이 소리 쳤다.

"뒤다!"

"현관 계단에 적이 나타났다!"

소리친 단원들이 우건을 쫓아 현관 계단 위로 올라왔다.

"죽어라!"

가장 먼저 계단 위에 도착한 단원이 칼로 우건의 오른 어 깨를 내리쳤다. 우건은 어깨를 비트는 간단한 동작으로 피 한 다음, 오른손으로 단원의 목을 잡아 계단 밑으로 던졌다.

"우아아!"

계단 밑으로 날아간 단원이 올라오던 동료들 머리에 떨어지는 바람에 대여섯 명이 동시에 비틀거렸다. 비응보로 몸을 솟구친 우건은 비틀거리는 단원 사이에 떨어져 사방으로 주먹을 휘둘렀다. 주먹이 허공을 가르는 파공성이 울릴 때마다 단원들이 피를 토하거나, 비명을 지르며 나자빠졌다.

순식간에 마혼단 단원 여섯 명을 해치운 우건은 뒤로 슬쩍 물러섰다. 도광이 번쩍하는 섬광을 발하며 옆을 지나갔다.

이번 적은 간부인 듯했다.

서슬 퍼런 도광이 소나기처럼 쏟아졌다.

그러나 몸에 닿지 않는 비는 옷을 적시지 못하는 법이었다.

우건은 섬영보로 거리를 좁히기 무섭게 칼을 쥔 간부의 팔목을 틀어쥐었다. 그리고는 팔꿈치로 간부의 가슴을 찍어갔다.

콰직!

갈비뼈가 박살난 간부가 피를 토하며 날아갔다.

간부가 나가떨어지는 모습을 본 마혼단 단원들이 주춤거렸다.

그러나 이는 시작에 불과할 뿐이었다.

우건은 양 목장에 뛰어든 늑대처럼 거침없이 적을 쓰러
트렸다.

고개를 틀거나, 어깨를 비트는 간단한 동작으로 상대의
공격을 피한 다음, 철산벽과 삼도권으로 단숨에 치명상을
입혔다.

지금 역시 마찬가지였다.

상체를 숙여 마혼단 단원이 발출한 장력을 손쉽게 피한
우건은 오른발로 단원의 발목을 후려갈겼다. 균형을 잃은
단원이 옆으로 쓰러지려는 순간, 우건의 손이 목을 틀어쥐
었다.

우건은 목을 틀어쥔 단원을 들어 올려 적들에게 던졌다.

우건을 덮치려던 단원 몇 명이 깜짝 놀라 날아오는 동료
를 급히 받았다. 그러나 받지 않는 편이 더 나았을지 몰랐
다.

동료를 받아드는 순간, 갑자기 묵직한 경력이 튀어나와
그들의 가슴과 머리를 강하게 타격했다. 마치 볼링공에 맞
아 힘없이 나가떨어지는 핀의 모습을 재현한 것 같은 광경
이었다.

우건이 후방을 교란한 게 효과가 있었는지 구정연합을 몰
아붙이던 제천회의 기세가 한풀 꺾였다. 아니, 한풀 꺾인 수
준을 넘어 슬슬 밀리기까지 했다. 뭔가 빨리 조치를 취하지
않으면 큰 낭패를 볼 것 같은 분위기로 흘러가는 중이었다.

우건은 제천회의 조치를 기다렸다.

제천회는 후방을 어지럽히는 우건을 처리하기 위해 고수 두 명을 급파했다. 한 명은 머리를 박박 민 권법의 고수였다.

다른 한 명은 머리카락을 치렁치렁 기른 장발의 도객이었다.

귀혼청을 펼친 우건의 귀에 적이 속삭이는 소리가 들려왔다.

"마혼단 부단주 철권(鐵拳) 박호(朴虎)대협이다."

"다른 한 명은 호회당(護會黨) 부당주 고월도(孤月刀) 이선혁(李善奕)대협이야. 박 대협과 이 대협이라면 저놈도 이제 끝장이겠군. 오늘 싸움은 우리 제천회의 승리가 틀림없어."

우건은 제천회 무인이 속삭이는 소리를 엿들어 머리를 박박 민 권사가 마혼단의 부단주 철권 박호, 머리를 기른 장발 도객이 호회당 부당주 고월도 이선혁이란 사실을 알아냈다.

그리고 희소식이 하나 더 있었다.

방금 전에 얻은 정보를 통해 제천회 본단 주력이라 할 수 있는 삼당의 이름을 모두 알아내는 데 성공했다는 점이었다.

우건은 삼당 중 하나인 음월당과는 최민섭 대통령의 후보 시절 일로 잠시 엮인 적이 있었다. 그리고 칠성좌 중 하나인 독령단을 치러 녹수도에 갔을 때는 독령단 대신에 전귀당의 부당주 일장진천 당조형이란 노인을 만난 적이 있었다.

한데 이번에 삼당 중 유일하게 만나 본 적 없는 호회당이란 조직의 부당주란 자와 대결을 앞둔 것이다. 즉, 제천회 삼당은 호회당, 음월당, 전귀당 이 세 개의 당으로 이뤄져 있었다.

박호와 이선혁 둘 다 자존심이 강한 듯 우건을 상대에게 양보했다. 쉽게 말해 하수와는 손을 섞기 싫다는 뜻이었다.

둘 중 박호의 성미가 좀 더 급한 모양이었다.

결국 참다못한 박호가 먼저 앞으로 걸어 나와 굳은살이 잔뜩 박인 탓에 망치를 연상시키는 주먹을 우건에게 들이밀었다.

"이 박호의 철권에 맞아 죽는 것을 영광으로 알아야할 것이다!"

우건은 피식 웃으며 대꾸했다.

"귀찮으니까 둘이 함께 덤비는 게 어떻소?"

눈을 끔뻑거리던 박호가 손가락으로 자기 가슴을 가리켰다.

"그 둘 중에 한 명은 설마 나를 가리키는 건가?"

"그렇소. 당신과 당신 뒤에 있는 장발이 함께 덤볐으면 좋겠소."

박호가 태어나서 가장 재미있는 말을 들은 듯 대소를 터트렸다.

얼마나 크게 웃는지 도중에 사래가 들려 컥컥대기까지 했다.

웃음을 멈춘 박호가 손가락으로 눈가에 맺힌 눈물을 닦아냈다.

"오랜만에 눈물까지 흘려가며 웃어 보는군. 넌 여기 있는 이 박호와 뒤에 있는 이 대협을 잘 모르는 모양이구나. 그렇지 않고서야 그렇게 멍청한 소리를 태연하게 내뱉을 리 없겠지."

"듣기 지루하군."

고개를 절레절레 저은 우건은 곧장 박호를 향해 몸을 날렸다.

박호 역시 고수는 고수였다.

언제 웃었냐는 듯 표정이 확 바뀐 박호는 마주 달려가며 주먹을 뻗었다. 그 순간, 주먹 주위에 뭉친 묵직한 권경(拳經)이 우건의 가슴을 철퇴처럼 때려갔다. 우건은 이화접목의 수법을 써서 그에게 날아드는 권경을 옆으로 흘려보냈다.

우건을 스치듯이 지나간 박호의 권경이 멀찍이 떨어져 있던 제천회 무인의 가슴에 작렬해 무인을 10미터나 날려보냈다.

우건 대신에 애꿎은 제천회 무인이 몽땅 뒤집어쓴 셈이었다.

선공을 피한 우건은 지체 없이 철산벽을 펼쳤다.

박호가 뿌려내는 묵직한 권경과 우건이 펼친 철산벽의 절초가 공중에서 충돌할 때마다 펑펑하는 폭음과 함께 기의 폭풍이 사방에 휘몰아쳐 지켜보던 이들을 움찔하게 만들었다.

순식간에 10여 합이 지나갔을 때였다.

우건이 펼치는 철산벽의 속도가 점점 빨라졌다. 그리고 점점 강해졌으며 점점 날카로워졌다. 반면, 박호가 펼치는 철권은 처음엔 쇠망치를 휘두르듯 무거웠지만 시간이 지날수록 점점 약해져 마지막에는 거의 솜방망이를 휘두르는 듯했다.

진행이 이와 같다면 결과 역시 보나마나였다.

우건은 왼팔로 박호의 철권을 가볍게 막아냈다.

충격을 해소하기 위해 살짝 비틀거리기는 했지만 그게 다였다.

이는 박호의 공격이 전혀 통하지 않는단 증거였다.

그때였다.

박호의 위급함을 알아본 이선혁이 그를 돕기 위해 달려왔다.

"물러서게! 그는 내가 상대하겠네!"

분심공으로 이선혁을 감시하던 우건은 속도를 더 끌어올려 박호를 공격해갔다. 이선혁이 오기 전에 박호를 없애야 했다.

우건은 지체 없이 장법 중에 가장 자신 있어 하는 태을진천뢰를 펼쳤다. 역시 철산벽보단 태을진천뢰 쪽이 펼치기 편했다.

쿠르릉!

은은한 뇌성이 울려 퍼지는 순간.

태을진천뢰의 장력이 박호가 앞으로 뻗은 주먹을 덮어갔다.

심상치 않은 느낌을 받은 박호가 급히 주먹을 회수해 보았지만 한발 늦은 탓에 주먹이 그야말로 폭발하듯 터져버렸다.

그러나 태을진천뢰는 거기서 멈추지 않았다.

양강한 장력이 박호의 팔과 어깻죽지까지 같이 날려버렸다.

"크아악!"

박호는 꽤 강골인 듯했지만 팔이 짐승에 물린 것처럼 우악스럽게 뜯겨나가는 고통만은 참을 수 없는지 비명을 질렀다.

우건은 그 틈에 재빨리 박호의 품속으로 뛰어들 듯 파고들어 양 팔꿈치를 번갈아 휘둘렀다. 최욱이 구룡문 장로 박인로를 몰아붙일 때 효과를 톡톡히 보았던 연중관도였다.

박인로는 가까스로 피해 목숨을 건졌지만 박호는 그러지 못했다.

우건이 번갈아 휘두른 팔꿈치에 턱과 관자놀이를 연달아 맞은 박호는 머리가 가로로 잘린 참혹한 모습으로 날아갔다.

박호가 쏟아낸 피와 뇌수가 후드득하는 소리를 내며 쏟아졌다.

박호와 지금 달려드는 이선혁이 얼마나 친한지는 모르겠지만 참혹한 모습으로 죽은 박호로 인해 상당히 분노한 듯했다.

"이 개새끼!"

육두문자를 날린 이선혁은 사정거리에 닿기 무섭게 칼을 냅다 휘둘렀다. 고월도란 별호가 허명만은 아닌 듯했다. 칼을 휘두를 때마다 뿌연 도기가 초승달 형태로 뭉쳐 쏘아져 왔다.

우건은 섬영보와 유수영풍보로 날아드는 도기를 모두 피해냈다. 그리고는 폭발적으로 속도를 끌어올려 이선혁을 덮쳐 갔다. 이선혁은 정면대결로 흘러가면 위험하단 생각이 든 듯했다. 비스듬히 보법을 밟으며 우건을 향해 도기를 날렸다.

이선혁이 뿌려낸 초승달 모양의 도기가 날아올 때마다 우건은 이형환위와 같은 상승 신법을 펼치는 것으로 대응했다.

처음엔 영원히 잡히지 않을 것처럼 거리가 꽤 멀었지만 몇 분 후에는 그 거리가 2, 3미터에 불과할 정도로 줄어들었다.

이선혁은 거머리처럼 달라붙어오는 우건을 다시 떼어내기 위해 칼을 우건의 어깨에 비스듬히 내리쳤다. 속도와 방향, 위력 삼박자를 모두 갖춘, 더할 나위 없이 완벽한 공격이었다.

그때였다.

갑자기 걸음을 멈춘 우건이 이선혁의 칼을 잡으려는 것처럼 왼팔을 앞으로 쭉 뻗었다. 마치 어설픈 공수납백인을 펼치려는 행동처럼 보였다. 그 모습을 본 이선혁은 터져 나오는 웃음을 억지로 참으려는 사람처럼 양 볼을 씰룩거렸다.

공수납백인으로는 이번 공격을 절대 막지 못하기 때문이었다. 승리를 믿어 의심치 않은 이선혁은 속으로 쾌재를 불렀다.

그러나 세상엔 절대란 법은 없는 법이었다.

공수납백인을 펼치리라 예상했던 우건의 왼손 장심에서 날카로운 장력 한 줄기가 치솟아 이선혁의 칼 가운데를 갈라갔다.

타아앙!

맑은 쇳소리가 잔향(殘響)을 남기며 메아리처럼 울리는 순간.

이선혁의 칼이 가운데부터 싹둑 잘려 나갔다.

이선혁은 황당하단 표정으로 거의 자루만 남은 자신의 칼을 멍하니 바라보았지만 이는 어쩌면 당연한 일일 수 있었다.

우건이 방금 펼친 장법이 금속의 상극인 파금장이었던 것이다.

다이아몬드나, 티타늄처럼 엄청난 강도를 자랑하는 재질로 제작한 칼이 아닌 이상, 파금장 앞에서 멀쩡하기 쉽지 않았다.

우건의 공격은 파금장으로 칼을 자른 선에서 멈추지 않았다.

파금장을 펼치기 위해 뻗은 왼손으로 태을십사수의 광호기경을 연달아 펼쳐갔다. 원래 광호기경은 호랑이가 먹잇감의 목을 물어뜯는 모습에서 착안한 초식이었는데, 지금은 목이 아니라 칼자루를 쥔 이선혁의 팔목을 향해 날아갔다.

뒤늦게 위험을 감지한 이선혁이 급히 팔을 안으로 끌어당겼지만 우건이 펼친 광호기경을 피하지는 못해 팔목이 잡혔다.

우건은 잡은 이선혁의 팔목을 살짝 비틀며 내력을 발출했다.

그 순간, 이선혁의 팔이 빨래를 쥐어짤 때처럼 비틀리기 시작했다. 시작은 팔이었지만 곧 온몸 전체가 비틀려 돌아갔다.

"으아아악!"

이선혁은 꽤 강단 있는 사내처럼 보였지만 태을문 33종의 절예 중에서 유일하게 고통을 가할 목적으로 창안한 천사대의 위력 앞에서는 목이 터져라 비명을 지를 수밖에 없었다.

이선혁은 마치 마른 빨래를 억지로 쥐어짠 것처럼 온몸이 보기 흉하게 비틀려 바닥에 쓰러졌다. 그리고 그게 끝이었다.

마혼단 부단주 박호와 호회당 부당주 이선혁의 죽음은 제천회 무인에게 충격과 공포를 선사했다. 믿어 의심치 않던 두 고수가 제대로 저항조차 못 해본 채 목숨을 잃은 것이다.

더욱이 한 명은 머리가 터지고 다른 한 명은 온몸이 비틀려 형체를 알아보기조차 힘든 상태로 죽었기에 충격이 더했다.

한편, 목적한 바를 모두 이룬 우건은 북쪽으로 몸을 날렸다.

"거, 거기 서라!"

"어, 어서 놈을 쫓아라!"

근처에 있던 제천회 무인 몇 명이 저지하기 위해 우건의 뒤를 쫓으려 했지만 겁을 잔뜩 먹은 탓에 소리만 냅다 지를 뿐 제대로 추격해오는 무인은 거의 없었다. 추격대를 따돌린 우건은 최욱이 있는 장소에 돌아가 전장을 살펴보았다.

우건을 본 최욱이 고개를 숙였다.

-고생하셨습니다.

-별것 아니었소. 그보다 상황은 좀 어떻소?

-주공께서 제천회 후방을 교란해준 덕분에 구룡문이 제천회의 공격을 저지하는 데 성공했습니다. 그리고 방금 전에는 일본 대정회 소속으로 보이는 고수 30여 명이 구룡문 측에 지원군으로 합류해 마침내 제천회를 밀어내기 시작했습니다.

우건은 최욱의 설명을 들으며 전장을 둘러보았다.

그 말대로 구정연합 100여 명이 130명이 훌쩍 넘는 제천회 대군을 마혼단 건물 쪽으로 기세 좋게 밀어붙이는 중이었다.

숫자는 제천회 측이 더 많았지만 고수는 구정연합에 더 많았다.

더욱이 현장에 있던 제천회 고수 중 능히 다섯 손가락 안에 드는 실력자인 박호와 이선혁을 우건이 없애는 바람에 제천회는 구정연합에 비해 고수의 숫자가 턱없이 부족했다.

물론, 제천회에는 고수가 몇 명 더 있었다.

특히, 그중에 한 명은 우건의 시선을 끌 만큼 강한 고수였다.

날렵한 체격을 지닌 40대 중년 사내였는데 놀랍도록 빠른 쾌검을 구사해 적진에 들어갔다가 나올 때마다 어김없이 구정연합 측 무인 서너 명이 피를 뿌리며 바닥을 뒹굴었다.

최욱이 고개를 끄덕이며 전음을 보냈다.

−저 쾌검을 쓰는 사내가 마혼단주인 것 같습니다.

우건 역시 동의했다.

나중에 안 사실이지만 그들이 추측한 대로 쾌검을 쓰는 중년 사내는 마혼단 단주 비광쾌검(比光快劍) 은태수(銀太壽)였다.

은태수의 활약 덕분에 제천회는 궤멸당하는 상황을 간신히 막을 수 있었다. 그러나 구정연합 측 역시 가만있지 않았다.

구룡문을 유인할 때, 최욱과 한차례 겨룬 적 있는 구룡문 장로 한영쇄풍검 박인로가 나와 은태수를 상대하기 시작했다.

최욱이 전음으로 물었다.

−누가 이길 거라 보십니까?

−구룡문 장로가 질 것이네.

우건의 예상대로 박인로는 채 10여 합을 넘기기 전에 비광쾌검 은태수가 날린 쾌검에 어깨를 찔리는 부상을 입었다.

위중한 부상까지는 아니었지만 최욱에 이어 은태수에게 마저 패한 박인로는 자존심이 많이 상한 듯 얼굴이 달아올랐다.

그러나 박인로에게는 설욕할 기회가 주어지지 않았다.

구정연합 측에서 또 다른 고수가 나와 박인로를 불러들였다.

구룡문 장로라면 문내에서 지위가 상당하단 뜻이었다.

그러나 그를 불러들인 사람의 지위가 그보다 더 대단한 듯했다.

박인로는 별말 없이 자기 진영으로 돌아갔다.

우건과 최욱의 시선은 당연히 박인로를 불러들인 정체불명의 고수에게로 향했다. 잠시 후, 박인로를 불러들인 고수가 나와 은태수를 직접 상대했는데, 험상궂은 표정으로 전신에서 패도적인 기운을 마구 쏟아내는 70대 백발노인이었다.

"아……."

노인의 얼굴을 확인한 최욱이 탄식 비슷한 탄성을 토해냈다.

감정의 변화가 좀처럼 없는 최욱에게서는 쉽게 보기 힘든 반응이었다. 이는 최욱이 노인을 잘 안다는 뜻이나 같았다.

그러나 우건은 최욱에게 노인의 정체를 묻지 않았다.

아니, 물어볼 필요가 없었다. 최욱만큼 잘 알지는 못하지만 어쨌든 우건 역시 노인의 정체를 이미 파악했기 때문이었다.

노인은 바로 패천도 강익이었다.

강익은 검귀 소우, 무령신녀 천혜옥과 함께 구룡문을 설립한 세 사람 중의 한 명으로 구룡문에서 2인자 위치에 있었다.

구룡문은 그동안 두 차례에 걸쳐 심한 내분을 겪었다.

소우, 강익, 천혜옥 중 소우와 강익은 현대무림에 본격적으로 뛰어들길 원한 반면, 천혜옥은 좀 더 기다리자는 쪽에 가까웠다. 당연히 소수의견을 낸 천혜옥이 가장 먼저 파벌 경쟁에서 패해 그녀를 따르는 일파와 함께 문에서 쫓겨났다.

그게 첫 번째 내분이었다.

한편, 천혜옥을 쫓아낸 덕분에 구룡문을 양분하는 데 성공한 소우와 강익은 현대무림에 뛰어들어야 한다는 점에서는 의견이 일치했지만 뛰어드는 방식에 관해서는 이견이 있었다.

강익은 구룡문이 자체적으로 힘을 길러 제천회, 특무대와 경쟁하자는 의견을 펼친 반면, 소우는 외부의 힘을 끌어들여 제천회, 특무대와 단숨에 승부를 보자는 주의에 가까웠다.

의견이 다르면 다툼이 일기 마련이었다.

강익과 소우 역시 별반 다르지 않았다.

두 사람은 자기 의견을 상대에게 관철시키기 위해 치열한 다툼을 벌였는데 소우가 강익보다 훨씬 간교하며 얍삽했다.

소우가 어느 날, 대정회를 끌어들여 강익을 급습했던 것이다.

결국, 대정회를 끌어들인 소우에게 패배한 강익은 공동 문주에서 구룡문 2인자로 한 계단 내려가는 굴욕을 맛봐야 했다.

구룡문을 처음 세울 때는 소우, 강익, 천혜옥 세 명이 공동으로 문주직을 맡았지만 두 차례의 내분이 있은 후에는 소우가 만인지상의 위치에 올라 구룡문을 손아귀에 넣었다.

우건이 제천회 대청에서 중원 고수들과 겨룰 때, 소우, 강익, 천혜옥 세 명이 앞에 있었기에 그들의 얼굴을 알고 있었다.

최욱에게 따로 설명을 들을 이유가 없었던 것이다.

최욱이 우건에게 다시 물었다.

-이번 싸움은 어떻게 보십니까?

-실력은 비슷할 것이오.

최욱이 의외라는 말투로 물었다.

-쾌검을 쓰는 저 제천회 고수가 그 정도란 말입니까?

우건의 시선이 마혼단 단주 비광쾌검 은태수 쪽으로 돌아갔다.

-그의 쾌검은 이미 절정을 넘어 완숙(完熟)단계에 이르러 있소. 내가 저 자리에 있다 해도 쉽게 이기지 못했을 거요.

-그럼 이번 대결은 누가 이길지 장담하기 어렵겠군요.

우건은 고개를 저었다.

-아니오. 강익이 백번을 싸우면 백번을 다 이길 것이오.

최욱이 급히 물었다.

-방금 전엔 쾌검을 쓰는 제천회 고수가 강하다고 하지 않으셨습니까? 그런데 승부에선 강익이 필승한단 말씀이십니까?

-강한 것과 잘 싸우는 것은 엄연히 다른 얘기요.

최욱이 긴장한 목소리로 청했다.

-경청하겠습니다. 이유를 들려주십시오.

-현대무림은 내가 오기 전까지 고여 있는 우물물이나 다름없었소. 제천회는 제천회대로, 특무대는 특무대대로 자기 분야에서 독보적인 지위를 지니고 있었을 것이오. 그리고 구룡문은 제주에 틀어박힌 채 수십 년을 와신상담했을 거요. 즉, 이는 서로 무기를 맞댈 일이 아주 적었다는 것을 뜻하오.

최욱이 고개를 끄덕였다.

-확실히 그런 면이 있긴 합니다. 지금처럼 문파의 명운이 걸린 싸움이나, 분쟁이 있었다는 말은 들어보지 못했으니까요.

-그동안 분쟁이 없었단 말은 실전을 경험할 기회가 그만큼 적었다는 것을 의미하오. 그러나 강익이 활동하던 중원

무림은 다르오. 제법 명성을 얻은 고수들은 어디 조용한 산 속에서 수련으로 남은 생애를 보내지 않는 다음에야 항상 풍파에 휩쓸릴 수밖에 없었소. 전에 패천도 강익이 싸움터를 찾아다니며 실력을 쌓는 실전파(實戰派)란 말을 들었소. 쾌검을 쓰는 제천회 고수와는 실전경험에서 차이가 클 것이오.

최욱이 이해했다는 듯 고개를 살짝 끄덕였다.

―두 사람이 겪은 실전경험에서 차이가 나기 때문에 강한 것과 잘 싸우는 것에서 차이가 난다는 말씀을 하신 거로군요.

―그렇소. 고수가 하수와 싸울 땐 차이가 잘 드러나지 않지만, 고수와 고수가 싸울 땐 그 차이가 승패를 가를 수 있소.

두 사람이 대화를 마쳤을 때, 강익과 은태수가 본격적으로 맞붙기 시작했다. 처음엔 은태수가 장기인 쾌검으로 강익을 매섭게 몰아붙이는 듯한 형국이었다. 강익은 팔과 다리에 검상을 입어 피를 흘리기까지 했는데 불행 중 다행히 치명상은 아닌 듯 표정이나, 행동은 전과 거의 달라지지 않았다.

그렇게 30여 합이 지났을 때였다.

카아앙!

쇳소리와 함께 검과 도가 부딪쳤다.

대결을 시작한 후에 처음으로 검과 도가 부딪친 순간이
었다.

평범한 검객과 도수의 대결이라면 그리 이상한 일은 아
니었다.

그러나 검객이 쾌검의 달인이라면 얘기가 달라졌다.

도수의 도가 검객의 쾌검에 따라붙기 시작했다는 뜻인
것이다.

실제로 강익은 마치 자동차 기어를 바꾼 것처럼 폭발적
으로 속도를 끌어올려 은태수의 쾌검에 못지않은 쾌도를
선보였다. 마치 지금까지는 상대를 봐줬단 인상까지 줄 정
도였다.

캉캉캉캉!

검과 도가 부딪칠 때마다 불꽃놀이처럼 새파란 불통이
튀었다.

이제는 누구의 무기가 더 빠른지 알기 힘들 정도였다.

결국, 강익의 칼이 먼저 은태수의 가슴에 깊은 상처를 남
겼다.

은태수는 검을 놓치며 바닥에 무릎을 꿇었는데 표정이
기이할 정도로 일그러져 있어 보는 사람들을 흠칫하게 만
들었다.

은태수는 그런 자세로 강익을 노려보다가 고개를 내려
자기 가슴을 내려다보았다. 잘린 옷 틈 사이로 살이 벌어져

있었다. 그리고 벌어진 살 속에서 뼈와 장기가 쏟아져 나왔다.

은태수는 그대로 고개를 떨어트리며 숨을 거두었다.

제천회 최고수와 구정연합 최고수의 싸움에서 구정연합이 승리를 거둔 것이다. 그 다음 상황은 사실 볼 필요조차 없었다.

기세가 오른 구정연합 무인들이 제천회 무인들을 덮쳐갔다.

그로부터 30분이 흘렀을 때, 구정연합은 제천회 무인 수십 명을 참살한 다음, 마혼단이 쓰던 10층 건물에 불을 질렀다.

구정연합의 완벽한 승리였다.

우건과 최욱은 구정연합 무인들이 죽은 제천회 무인들의 시신을 불타오르는 건물에 던지는 모습을 보며 빠져나왔다.

쾌영문에 도착한 두 사람은 김동을 찾아갔다.

방금 전, 마혼단 본단 전산실에서 우건이 해킹한 컴퓨터와 서버에서 중요한 정보를 찾아냈단 연락을 받았기 때문이었다.

김동의 연구실 겸 사무실을 찾았을 때 처음 보는 그림이 벽에 걸려 있었다. 그림이라기보다는 조직 구성을 도표화한 조직도에 가까웠는데 맨 위에 제천회란 이름이 적혀 있었다.

즉, 제천회 조직도를 따로 만들어둔 것이다.

조직도 맨 꼭대기에는 회 안에서 북극성이란 칭호로 불리는 회주가 있었는데 제천회 회주에 대한 정보는 아직 구하지 못했기 때문에 이름 옆에 물음표 표시가 같이 적혀 있었다.

회주 밑에 제천회 본단 삼당의 이름이 차례대로 적혀 있었다.

위에서부터 호회당, 전귀당, 음월당 순이었다.

이 세 당이 제천회 본단의 핵심 전력이었다.

또, 삼당 밑에는 칠성좌가 적혀 있었다. 칠성좌는 제천회 하부조직으로 운영자금을 벌어들이는 지사(支社)역할을 담당했다.

지금까지 밝혀진 칠성좌는 망인단, 범천단, 독령단, 적귀단, 마혼단 다섯 개였다. 그중에 망인단, 범천단은 우건의 손에 박살났고 독령단은 정체를 알 수 없는 조직 손에 박살났다.

또, 적귀단, 마혼단은 우건이 구정연합과 싸움을 붙여 박살냈다. 즉, 칠성좌 중 다섯 군데가 전력에서 이탈한 셈이었다.

물론, 조직을 재건했을 가능성이 남아 있었지만 시간이 촉박한 탓에 예전과 같은 성세를 보여주기에는 무리가 있었다.

중원 무림이라면 돈이나, 무공비급으로 낭인을 고용할
수 있겠지만 무인의 숫자가 한정적인 현대무림에서는 불가
능했다.

　우건이 제천회 조직도를 보며 물었다.

　"그럼 이제 드러나지 않은 건 회주와 칠성좌 중 나머지
두갠가?"

　김동이 지체 없이 대답했다.

　"이번에 운 좋게 남은 칠성좌 두 개를 한꺼번에 알아냈
습니다."

　"그게 정말인가?"

　"아시다시피 제천회 마혼단은 밀수로 돈을 버는 조직이
었습니다. 밀수로 돈을 벌려면 당연히 밀수한 물건을 팔아
야 하는데 칠성좌 중 하나가 그 일을 대신해주었던 모양입
니다."

　대답한 김동은 조직도의 비어 있는 칠성좌 자리 중 하나
에 매직펜으로 혈루단(血淚團)란 이름을 잘 보이도록 적어
넣었다.

　우건이 급히 물었다.

　"혈루단은 어떤 조직인가?"

　"대건(大建)이란 이름을 들어보셨을 겁니다."

　"대건이면…… 대건그룹말인가?"

　김동이 맞다는 듯 고개를 끄덕이며 대답했다.

"그렇습니다. 대건그룹의 모체가 바로 이 혈루단입니다."

연구실에는 우건, 최욱 두 사람 외에 원공후, 김 씨 삼형제, 남영준, 임재민 등이 먼저 와 기다리는 중이었는데, 말이 끝나는 순간 바늘 떨어지는 소리가 들릴 정도로 조용해졌다.

그럴 수밖에 없었다.

대건그룹은 한국에서 가장 규모가 큰 재벌로 그룹의 시가총액을 다 합치면 국가예산에 맞먹을 만큼 엄청난 기업이었다.

한데 그런 기업의 모체가 혈루단이란 말이었다.

아니, 제천회를 떠받치는 칠성좌 중에 하나가 대건그룹이란 뜻이었다. 그 말을 듣고 충격을 받지 않을 사람은 없었다.

제천회가 정, 재계를 장악했을 거란 예상을 수없이 해왔지만 그중에 대건그룹이 있을 거란 예상은 솔직히 하지 못했다.

역시 충격을 가장 덜 받은 사람은 우건이었다.

우건은 바로 김동에게 궁금한 점을 질문했다.

"그럼 마혼단이 밀수한 물건을 팔아준 게 대건그룹이란 건가?"

"그렇습니다."

그때, 김은이 의문을 하나 제기했다.

"대건그룹이 제천회라면 칠성좌 중 나머지 여섯 개는 있을 필요가 없는 거 아냐? 대건그룹 혼자 벌어들이는 돈만 해도 어마어마할 텐데 굳이 나머지 칠성좌가 만들 이유가 없잖아?"

김동이 고개를 저었다.

"대건그룹은 알다시피 글로벌기업이야. 오너 가문이 존재하긴 하지만 주식 대부분은 해외와 국내 기관투자자 소유라서 그룹이 번 수익을 제천회가 마음대로 사용하기 힘들어."

김동의 설명에 따르면 대건그룹이 폭발적으로 성장할 수 있었던 계기는 제천회가 정치인, 법조인, 관료 등에게 엄청나게 뿌려댄 뇌물 덕분이었다. 제천회의 뇌물을 받은 자들이 대건그룹에 특혜를 제공하거나 정부가 발주한 계약, 공사를 단독입찰하게 해주는 방식으로 도움을 주었다.

우건이 주제를 바꿨다.

"방금 전에 칠성좌 중 남은 두 개를 다 알아냈다고 했는데 한 곳이 대건그룹으로 위장한 혈루단이라면 다른 한 곳은 어딘가?"

김동은 다시 매직펜으로 비어 있는 곳에 글자를 적었다.

"마지막 칠성좌는 위군단(僞君團)입니다."

"위군단은 어떤 조직인가?"

"위군단은…… 사법부 그 자체라 할 수 있습니다."

원공후가 눈을 부릅뜨며 물었다.

"사법부라면 설마 재판하는 판사들을 말하는 거냐?"

"예, 사부님. 위군단은 대한민국 사법부를 장악한 상태입니다."

대답을 들은 사람들은 그저 멍한 눈으로 김동을 쳐다볼 뿐이었다. 마지막 보루라 생각한 사법부마저 제천회의 손아귀에 있다는 소리였기에 놀라지 않을 도리가 없었던 것이다.

10장. 절정(絶頂)

역시 가장 먼저 침묵을 깬 사람은 우건이었다.

"혈루단을 통해 위군단의 존재를 알아낸 것인가?"

"그렇습니다."

김동은 위군단의 존재를 알아낸 방법을 일행에게 설명했
다.

혈루단을 모체로 한 대건그룹은 정치인, 법조인에게 막
대한 뇌물을 주었다. 그러나 이는 칠성좌의 다른 조직 역시
마찬가지였다. 정부의 간섭으로부터 그들이 벌이는 불법적
인 사업을 보호받기 위해 매년 수십, 수백억을 뇌물로 바쳤
다.

그러나 대건그룹은 달랐다.

대건그룹은 다른 조직과 달리 법조인, 그중에서도 사법부에 엄청난 양의 뇌물과 혜택, 특혜를 주어 공범으로 만들었다.

그 결과가 지금의 위군단인 것이다. 다시 말해 대건그룹 모체가 혈루단인 것처럼 위군단의 모체는 대건그룹인 셈이었다.

대건그룹은 사법부를 장악하기 위해 미래를 내다보는 정책을 펼쳤다. 우선 명문대 법학과에 합격한 학생들에게 비밀리에 접근해 생활비와 학자금 등을 무상으로 지원해주었다.

이른바 우수학생을 대상으로 하는 장학생제도였다. 그때는 다 못살던 시절이었기에 기업이 나서서 집이 어려운 학생을 물심양면으로 지원해준다는데 손가락질할 사람은 없었다.

문제는 그 다음이었다.

학생 때부터 대건그룹의 지원을 받은 장학생들이 사법시험에 좋은 성적으로 합격해 사법연수원에 들어가기 시작한 것이다. 처음에는 열 명 안팎이었지만 세월이 흐를수록 그 숫자가 수십 명으로 불어나 사법부를 장악하는 데 성공했다.

독재정권이나, 사회 곳곳이 썩을 대로 썩어 손을 쓰기 힘든 몇몇 나라를 제외하면 사법부야말로 법과 양심을 지키기 위한 최후 보루라 할 수 있었다. 사법부까지 부패하면 그 나라는 더 이상 희망이 없는 것이나 마찬가지인 것이다.

사실, 사법부가 중요한 이유는 그 태생에 있었다.

민주국가로 규정하는 데 가장 중요하는 기준은 역시 삼권(三權)의 분립 여부였다. 즉, 행정부, 입법부, 사법부가 서로 견제할 수 있어야 건강한 민주국가라 부를 수 있는 것이다.

국가의 치안과 국방을 담당하는 기관 중 군대는 국방부, 경찰은 행정안전부, 검찰은 법무부 소속이었다. 즉, 기관 대부분이 행정부에 속해 있었다. 만약, 행정부가 이 기관을 나쁜 용도로 사용한다면 그 파급력이 어마어마할 수밖에 없었다.

특히, 막대한 권한을 지닌 한국 검찰은 말을 듣지 않는 야당이나 재계를 손봐줄 때 정부가 사용하는 칼잡이로 쓰이고는 했다.

검찰에 오래 재직한 검사라면 보통 세 가지 진로 중에 하나를 택하기 마련이었다. 첫 번째는 승진을 노리는 선택이었다.

승진을 택한 부류는 부장검사, 차장검사, 지검장을 거쳐 검찰총장, 혹은 법무부장관이나, 민정수석 등에 오르기를 꿈꿨다.

두 번째는 정치권의 러브콜을 받아 정치 쪽으로 아예 선회하거나, 공기업, 사기업 법무 쪽에 발을 담그는 선택이었다.

마지막 세 번째는 민간 로펌에 취직하는 선택이었다.

한데 이러한 선택들은 정권, 재벌과 불가분의 관계에 있었다.

승진하려면 우선 정권의 말을 잘 들어야 했다. 그리고 정권이 시키는 일이라면 양심에 반하는 일이 있어도 따라야 했다.

즉, 승진을 생각하는 순간, 바로 정치검찰로 전락하는 것이다.

두 번째 선택 역시 마찬가지였다. 정치권의 러브콜을 받으려면 자길 후원하는 정치인의 입맛에 맞춰 수사를 해야 했다. 그리고 사기업, 즉 재벌 법무팀에 좋은 대우를 받으며 재취업하려면 당연히 재벌 편의를 봐주며 수사할 수밖에 없었다.

마지막으로 로펌에 취업하는 선택 또한 별반 다르지 않았다.

로펌은 일거리가 들어와야 막대한 돈을 벌 수 있었다. 그리고 그런 일거리 대부분은 재벌에게 나오기에 검사로 있을 때부터 그들의 입맛에 맞는 수사를 할 수밖에 없는 것이다.

이렇듯 검찰은 애초에 제대로 수사를 할 수 없는 환경이었다.

반면, 이런 검찰과는 달리 아예 독립적인 구조를 가진 사법부는 정치와 재벌의 눈치를 볼 이유가 크지 않는 편이었다.

물론, 법복을 벗은 후에는 재취업을 위해 정권과 재벌의 눈치를 보는 경우는 있겠지만 검찰처럼 그렇게 심하지는 않았다.

그런 이유로 사법부를 최후의 보루로 여겼던 것이다.

한데 그 사법부가 제천회의 손에 통째로 넘어간 상황이었다.

놀라지 않을 도리가 없었다.

긴 설명을 마친 김동이 한숨을 크게 내쉬었다.

사기가 떨어지는 상황을 염려한 듯 원공후가 버럭 소리쳤다.

"이놈아, 땅 꺼지겠다. 한숨 그만 쉬어라. 혈루단이든 위군단이든 전처럼 때려 부수면 제깟 놈들이 버틸 수 있겠느냐?"

김동은 다시 한숨을 내쉬며 그게 아니라는 듯 고개를 저었다.

"그건 사부님이 모르셔서 하는 말씀입니다."

"내가 뭘 모른단 거냐?"

"혈루단과 위군단은 제천회의 다른 조직들과 성격이 다릅니다."

"어떻게 다른데?"

"혈루단은 대건그룹으로 위장한 상태입니다. 즉, 혈루단을 완전히 없애려면 대건그룹을 없애야한단 뜻이나 마찬가지인데 대건그룹에서 근무하는 직원들은 어떻게 할 겁니까? 만약, 대건그룹이 망하면 수십만 명이 하루아침에 직장을 잃지 않겠습니까? 또, 한국 경제에 타격이 가지 않겠습니까?"

미간을 찌푸린 원공후가 다시 물었다.

"대건그룹 오너만 골라 제거하는 방법이 있지 않느냐?"

"대건그룹 오너는 무인이 아닙니다. 미디어에 자주 등장한 탓에 쉽게 알 수 있었습니다. 물론, 조금 무리를 한다면 그룹 오너 일가를 처리할 순 있을 겁니다. 그러나 대건그룹에 재직하는 임원들까지 혈루단에 속해 있다면 임원을 전부 죽여야 대건그룹을 혈루단에서 분리시킬 수가 있을 것입니다."

"으음."

그제야 심각성을 눈치 챈 듯 원공후가 침음을 흘렸다.

지금까지는 무력으로 조직을 일망타진하는 게 가능했지만, 혈루단은 민간에 발을 깊숙이 들여놓은 탓에 그럴 수가 없었다.

김동이 설명을 이어갔다.

"위군단 역시 마찬가지입니다. 위군단에 속해 있는 판사들을 전부 없애면 정부, 아니 나라 전체가 혼란에 빠질 겁니다."

김은이 툴툴거리며 물었다.

"그래서 어쩌잔 거야? 네 말은 놈들을 그냥 내버려두잔 거야?"

김동이 큰형 쪽으로 고개를 돌리며 대답했다.

"우리 손으로 없애지 못한단 거였지, 그냥 두자는 게 아니었어."

김은이 급히 물었다.

"그럼 방법이 있는 거야?"

"이 일을 할 수 있는 곳은 한 군데밖에 없어."

김은이 재촉했다.

"그래서 거기가 어딘데?"

큰형을 힐끔 본 김동이 고개를 돌려 우건을 보았다.

"이 일을 처리할 수 있는 곳은 현재 청와대밖에 없을 겁니다."

우건이 물었다.

"청와대에게 맡기자는 뜻인가?"

"그렇습니다. 민간의 일은 민간에서 처리하는 게 맞을 겁니다."

우건은 고개를 돌려 원공후와 최욱을 보았다.

두 사람 역시 김동과 같은 생각인 듯 고개를 끄덕였다.

우건은 다시 김동을 보며 물었다.

"그 방법에 부작용은 없는가?"

김동이 기다렸다는 듯 지체 없이 대답했다.

"그렇지 않아도 부작용에 대해 말씀드리려던 참이었습니다. 제천회가 구정연합과 청와대 양쪽을 동시에 상대하기 버겁다는 판단을 하면 둘 중 한 곳과 손을 잡을 가능성이 있습니다. 우선 발 등에 떨어진 급한 불부터 끄려들 테니까요."

원공후가 물었다.

"제천회가 손을 잡는다면 너는 그게 어디일 거라 생각하느냐?"

"당연히 구정연합입니다."

"구정연합?"

"예, 틀림없습니다. 우리가 아는 청와대, 아니 대통령이라면 제천회 놈들과는 절대 손을 잡지 않을 것이기 때문입니다."

김동은 대답하며 막내사매 최아영을 보았다.

최아영은 동의한다는 듯 고개를 몇 번 끄덕였다.

"둘째사형 말이 맞아요. 아버진 절대 손을 잡지 않을 거예요."

김은이 물었다.

"청와대가 아니라면 결국 구정연합과 손을 잡는다는 말
인데 지금까지 치열하게 싸운 그들이 과연 손을 잡을 수 있
을까?"

김동이 확신이 담긴 어조로 대답했다.

"거기엔 두 가지 이유가 있어."

"두 가지나?"

"구정연합은 청와대의 힘이 강해져 무인의 입지가 약해
지는 상황을 원치 않을 거야. 피를 흘려가며 힘들게 제천회
를 쫓아냈는데 그 자리를 청와대 지시를 받는 특무대가 차
지한다면 재주는 곰이 부리고 돈은 왕 서방이 버는 셈이니
까."

김은이 고개를 끄덕였다.

"말이 되는군. 그럼 두 번째 이유는?"

"여기서 제천회와의 항쟁을 멈추지 않으면 구정연합, 제
천회 양측 다 치명상을 입어 파멸의 길로 치달을 거란 사실
을 알기 때문이지. 제천회와의 대결에서 가까스로 승리한
다 쳐도 전력이 1할로 줄어버리면 특무대의 밥이 될 테니
까."

김동의 대답은 논리정연해 다른 사람들의 동의를 끌어냈
다.

회의 끝에 혈루단, 위군단의 처리는 청와대에 맡기기로

했다.

김동은 그동안 조사한 자료를 모두 청와대에 넘겼다.

그사이, 다른 사람들은 제천회와 구룡문이 실제로 손을 잡는지 확인할 목적으로 두 문파의 동정을 감시하기 시작했다.

예상대로 청와대는 제천회와 손을 잡지 않았다.

오히려 청와대는 혈루단과 위군단을 아주 심각하게 여겼다.

혈루단은 한국 경제에 큰 비중을 차지하는 대건그룹의 모체였다. 만약, 혈루단을 제대로 처리하지 못하면 경제에 타격을 입는 것은 물론이거니와 대외신용도에 문제가 생길지 몰랐다. 어쩌면 제 2의 IMF사태가 올지 모르는 상황인 것이다.

위군단 역시 중요하긴 마찬가지였다.

검사는 구형만 할 뿐이었다.

재판에서 가장 중요한 판결은 결국 판사의 몫인 것이다.

검사들이 아무리 기소를 잘해도 판사가 판결로 무죄나 집행유예를 선고하면 범죄자는 자유의 몸으로 풀려나는 것이다.

이는 민주국가를 구성하는 법질서가 송두리째 무너진단 의미여서 청와대는 혈루단만큼이나 위군단을 심각하게 여겼다.

그러나 심각하게 여긴다고 해서 쇠뿔을 단김에 뽑는 것처럼 한 번에 혈루단과 위군단을 없앨 수 있는 것은 아니었다.

오히려 이런 일일수록 철저한 계산 하에서 움직여야 했다. 그래야 피해를 최소화한 상태에서 목적을 이룰 수 있었다.

청와대는 우선 언론을 이용했다.

평범한 국민이 정보를 얻는 주요 통로는 당연히 언론이었다.

한데 그 언론이 가짜뉴스나 조작한 뉴스를 끊임없이 내보낸다면, 본인의 주관이 확실하지 않을 경우 언론이 조작한 정보에 점점 의존할 수밖에 없었다. 쉽게 말해 세뇌당하는 것이다. 자기는 세뇌당한 게 아니라 본인 의지로 판단했다고 생각할 테지만, 실상은 세뇌당한 경우가 많았다.

이러한 이유로 언론은 정확한 사실을 보도할 의무가 있었다.

한데 언론은 재벌을 너무나 좋아했다.

아니, 좋아한다기보다는 재벌의 눈치를 본다는 표현이 맞았다.

재벌이 언론에 광고를 주지 않으면 언론은 살아남을 수가 없었다. 그런 이유로 언론은 친재벌적인 논조를 고수했다.

이런 상황에서 청와대가 혈루단의 모체인 대건그룹을 건드리면, 대건그룹이 주는 광고로 먹고 사는 언론사는 대건그룹의 사주를 받아 청와대를 헐뜯을 게 100퍼센트 확실했다.

청와대는 이런 상황을 모면하기 위해 언론부터 정리에 들어갔다. 다행히 청와대는 친재벌 쪽 언론을 한 번에, 그리고 깔끔하게 정리할 수 있는 수단과 명분을 이미 갖추어 놓았다.

우건은 얼마 전, 독령단 하부조직인 등선문에 잠입해 언론사 간부들이 제천회에게 받은 뇌물과 접대 받은 향응 목록을 입수했다. 또, 그 언론사 간부의 자녀들이 벌인 집단난교, 마약복용과 같은 추악한 행태를 촬영한 영상을 입수했다.

우건은 그 자료들이 대통령에게 도움이 될 것 같아 김동을 시켜 보내주었는데 청와대가 그 자료를 이용하려는 것이다.

청와대는 이미 물갈이가 끝난 검찰을 앞세워 범죄를 저지른 신문사, 방송사 사주들과 논설, 주필, 정치부장과 같은 주요 간부 100여 명을 한꺼번에 잡아들였다. 그리고 그들의 자녀 역시 향정신성마약류위반과 같은 혐의로 체포하였다.

언론계는 당연히 엄청나게 반발했다.

마치 언론이 독재정권의 탄압을 받던 시절로 돌아갔다는 듯 그들이 할 수 있는 모든 수단을 강구해 청와대를 비난했다.

물론, 당시 언론은 잠시 저항을 하다가 곧 독재정권에 부역해 정권이 시키는 대로 정권의 나팔수를 자처했지만 말이다.

언론이 집단으로 반발하기 시작하는 순간, 언론의 선동에 넘어간 일부 국민이 부화뇌동(附和雷同)해 정부를 비난했다.

청와대는 기다렸다는 듯 입수한 자료를 인터넷에 풀어버렸다.

비록 모자이크를 하긴 했지만 언론사 사주와 간부들이 제천회 등선문으로부터 뇌물을 받는 장면과 향응을 접대받는 장면을 촬영한 영상과 사진, 문서를 인터넷에 공개한 것이다.

그 다음에는 언론사 사주와 간부들의 자녀가 난교를 하거나, 마약을 복용해 해롱거리는 영상을 인터넷에 풀어버렸다.

여론은 바로 반전되었다.

청와대를 지탄하던 손길이 이젠 언론계를 지탄하기 시작했다.

언론사 앞에서는 매일 같이 대규모 항의집회가 열렸다.

결국, 바닥까지 추락한 언론계는 백기 투항할 수밖에 없었다.

언론계를 청소한 청와대는 바로 수사의 칼날을 대건그룹으로 향했다. 우건 등이 조사한 자료를 바탕으로 오너 일가와 그룹 임원진 수십 명을 대상에 올려놓고 철저히 수사했다.

온갖 불법을 자행한 대건그룹 오너 일가가 줄줄이 잡혀들어갔다. 그리고 오너 일가가 불법을 저지를 때, 옆에서 돕거나 방조한 그룹의 주요 임원진 수십 명이 긴급 체포되었다.

청와대는 온 나라가 대건그룹 비리사건으로 정신없는 틈을 타서 사법부를 장악한 위군단을 지체 없이 정리하기 시작했다.

그렇게 보름쯤 흘렀을 무렵, 마침내 청와대는 마치 핀셋으로 새치를 뽑듯 사법부에 있는 위군단 소속 판사들의 법복을 벗기거나, 정직시킨 상태에서 한직으로 발령 낼 수 있었다.

판사 수십 명의 법복을 한꺼번에 벗기면 혼란이 생길 수 있어 일단 정직시킨 다음, 따로따로 처리할 계획인 것이다.

청와대가 그들의 기대에 완벽히 부응하는 동안, 우건 일행은 구룡문과 제천회를 감시하며 그들이 손을 잡는지 조사했다.

그러나 구룡문과 제천회를 일일이 찾아다니며 감시할 수는 없었다. 일행의 숫자는 적은 반면에, 구룡문과 제천회는 조직이 방대한 탓에 일일이 찾아다니며 감시할 수단이 없었다.

그러나 그들에게는 다행히 위저드급 해커인 김동이 있었다.

김동은 제천회와 구룡문 간부가 보유한 휴대전화와 컴퓨터를 해킹하는 방법으로 양측의 동정을 24시간 밀착 감시했다.

물론, 제천회, 구룡문 양쪽 다 휴대전화가 보안에 취약하단 사실을 잘 알아 일정 기간이 지나면 바로 폐기했지만 이미 김동은 그들의 시스템 안에 깊숙이 침투해 있는 상태였다.

청와대가 대건그룹에 이어 사법부를 맹렬히 압박해가고 있을 때, 마침내 김동이 해킹을 통해 중요한 정보를 알아냈다.

김동은 바로 우건을 찾아 보고했다.

"제천회가 먼저 구룡문 측에 회담을 제안했습니다."

우건은 말없이 고개를 끄덕였다.

청와대가 칠성좌 중 유이하게 피해를 입지 않은 혈루단과 위군단을 압박해준 덕분에 제천회가 먼저 손을 내민 것이다.

제천회는 우선 구룡문과의 분쟁을 일단락시킨 다음, 남은 전력을 전부 끌어 모아 청와대를 공격할 심산인 게 분명했다. 우건과 청와대가 제천회가 가진 전력 상당 부분을 제거하기는 했지만, 그들에게는 아직 강력한 한 방이 남아 있었다.

바로 제천회가 매수한 정치인들이었다.

그중에서도 제천회가 수십 년 동안 온갖 공을 들인 한정당 정치인들이야말로 그들이 가진 비장의 카드나 다름없었다.

현재 청와대가 건드리지 못하는 유일한 국가기관이 국회였다.

물론, 계엄령을 선포한 다음 국회를 해산하는 조치와 같은 극단적인 방법이 있긴 하지만, 계엄령은 나라를 혼란의 도가니로 몰아넣기 때문에 웬만해선 사용하기 힘든 카드였다.

제천회는 이런 점을 이용해 국회를 끌어들일 가능성이 높았다.

즉, 대통령 최민섭을 암살하는 것과 같은 극단적인 조치를 감행한 다음, 한정당을 앞세워 현 정부를 전복하는 것이다.

우건은 급히 물었다.

"회담 장소와 시간은?"

"사흘 후, 강원도 고성에 위치한 알프스스키장입니다."

"제천회와 구룡문 쪽에서는 누가 나올 것 같은가?"

"양측의 최고위층이 총출동한다는 소문을 들었습니다."

양측의 최고위층이 나선단 뜻은 베일에 가린 제천회 회주와 구룡문 문주 검귀 소우가 나타날 가능성이 높다는 말이었다.

우건은 바로 지시를 내렸다.

"특무대와 무령신녀 천혜옥에게 연락하게. 그들의 힘이 필요해."

긴장한 듯 침을 꿀꺽 삼킨 김동이 물었다.

"그럼 고성에서 마침내 끝장을 보는 겁니까?"

우건은 고개를 끄덕였다.

"이런 기회는 두 번 다시 오지 않을 것이네. 놈들을 한 번에 끝장내려면 우리 역시 만반의 준비를 갖춰둘 필요가 있어."

"알겠습니다."

김동이 나간 후, 우건은 수연의원이 있는 1층으로 내려갔다.

의원 대기실은 진료를 받으러온 환자로 가득 차 있었다.

수연이 명의로 소문난 덕에 의원은 매일 문전성시를 이루었다.

우건은 차트를 정리하던 이진호에게 물었다.

"사매에게 할 말이 있는데 그녀를 잠깐 볼 수 있을까?"

이진호가 깜짝 놀라 대답했다.

"진료가 끝나는 대로 말씀드리겠습니다."

우건은 정확히 1분 후에 진료를 마친 수연을 만날 수 있었다.

수연이 긴장한 얼굴로 물었다.

"무슨 바람이 불어서 생전 찾지 않던 진료실까지 내려온 거예요?"

"연공실을 잠시 나 혼자 썼으면 하는데 그렇게 해줄 수 있겠어?"

"얼마 동안요?"

"3일 동안."

수연이 놀라 물었다.

"설마 그 3일이란 게 3일 내내란 말은 아니겠죠?"

"3일 내내 맞아. 폐관수련을 할 생각이거든."

수연이 걱정하며 물었다.

"사형이 폐관수련을 해야 할 만큼 상황이 좋지 않은 거예요?"

"미리미리 대비해두려는 거야. 걱정할 일 아니야."

잠시 고민하던 수연이 고개를 끄덕였다.

"알았어요. 그렇게 할게요. 그런데 수련하는 동안 식사는 어떻게 할 거예요? 3일 내내 식사를 거르면 몸이 상할 거예요.”

“3일쯤은 문제없어. 오히려 적당히 배고픈 게 수련엔 더 좋아.”

수연을 안심시킨 우건은 바로 옥상 연공실에 들어가 문을 닫아걸었다. 남은 3일 동안, 우건이 어떻게 하냐에 따라 결과가 달라질 수 있었다. 입정에 들어간 우건은 무아지경에 빠진 상태에서 실력을 한 단계 높이기 위한 수련에 몰두했다.

그로부터 정확히 3일 후, 같은 시간에 눈을 뜬 우건은 가부좌한 상태에서 바닥에 장력을 날려 몸을 공중으로 띄웠다.

공중에 잠시 정지한 우건은 다리를 펴며 손을 옆으로 뻗었다.

연공실 벽에 걸어둔 청성검이 검집에서 빠져나와 우건의 손으로 부드럽게 빨려 들어갔다. 절정에 이른 격공섭물이었다.

우건은 검 자루가 손에 잡히는 순간, 비룡번신의 수법으로 몸을 뒤집은 다음, 가상의 적을 상대로 천지검법을 펼쳐갔다.

기수식인 인답장도를 시작으로 오검관월, 유성추월, 일검단해, 대해인강이 연달아 펼쳐졌다. 청성검이 만든 짙푸른 검광이 폭포를 거슬러 오르는 연어처럼 공중으로 치솟았다가 생명체를 말살시킨 거대한 운석처럼 바닥으로 추락했다.

우건은 이어 성하만상, 조옹조락, 선인지광을 펼쳤다.

작게 쪼개진 검광 수백 개가 포식자를 피해 뭉쳐 다니는 물고기 떼처럼 이리저리 몰려다니다가 폭죽이 터지듯 사방으로 흩어졌다. 그리고 흩어졌던 검광은 마치 블랙홀에 빨려 들어가는 빛처럼 다시 청성검을 향해 맹렬히 모여들었다.

곧 청성검 검봉에 직경 10센티미터 크기의 작은 구(球)가 만들어졌다. 처음에는 구의 색이 투명해 안을 들여다볼 수 있었지만 모여드는 검광이 점점 많아질수록 표면의 색이 짙어져 종내에는 안을 들여다볼 수 없는 불투명으로 변했다.

모든 검광을 흡수한 푸른색 구는 이내 타원형으로 길게 늘어지다가 어느 순간, 10여 미터 떨어진 곳을 향해 섬전과 같은 속도로 쏘아져 갔다. 마치 청성검의 검봉에서 레이저 한 가닥이 날아가는 것 같았는데 이것이 바로 검기(劍氣)였다.

검기를 회수한 우건은 청성검을 두 손으로 잡아 위로 치켜들었다. 그 순간, 청성검의 검봉에 방금 전에 보았던 푸른색 구가 다시 생겨났다. 그러나 이번에는 한 개가 아니었다.

처음엔 하나이던 구가 두 개, 세 개로 늘어나더니, 어느 순간 벌집처럼 수십 개로 늘어나 하나의 큰 다발을 형성했다.

"차앗!"

우건은 기합을 지르며 검을 앞으로 찔러갔다.

부아아앙!

한곳에 뭉쳐 있던 검기 다발이 마치 비행기가 이륙할 때처럼 귀청을 찢는 굉음을 내며 길이가 점점 길어지기 시작했다.

공기가 타는 것 같은 매캐한 냄새가 코를 찌르는 순간, 5미터까지 늘어난 검기 다발이 눈을 찌르는 강렬한 빛을 토했다.

현대무림으로 넘어와서는 처음 펼쳐보는 검강(劍罡)이었다.

우건은 검강을 찌르거나, 휘둘러 천지검법의 초식을 펼쳤다.

검강은 말 그대로 청성검이 5미터로 늘어난 상황과 같았기에 그 위력은 전에 비할 수 없을 정도로 강해져 있었다. 검강이 허공을 가를 때마다 연공실이 무너질 것처럼 뒤흔들렸다.

수연의원 옥상에 연공실을 처음 만들 때부터 이런 상황을 염두에 두고 엄청난 양의 콘크리트와 철근을 사용했지만 검강의 위력 앞에서는 버티기가 그리 쉽지 않은 모양이었다.

검강으로 10여 초식을 연달아 펼친 우건이 내력을 푸는 순간, 검강은 마치 SF영화의 한 장면처럼 스르륵 자취를 감췄다.

검강을 회수한 우건은 참았던 숨을 크게 내쉬었다.

무리를 했는지 심장박동이 빨라지며 단전이 약간 뻐근했다.

우건은 호흡을 천천히 하며 들끓는 기혈이 가라앉길 기다렸다.

잠시 후, 몸 상태가 정상으로 돌아온 것을 확인한 우건은 바닥을 가리키던 검을 다시 들어 올려 중단 쪽을 겨누었다.

"타앗!"

다시 한 번 기합성을 내지른 우건은 청성검을 앞으로 던졌다.

우건의 손을 떠난 검이 둥실 떠올라 앞으로 날아갔다.

우건은 왼손으로 검결을 맺으며 오른손으로 검을 조종했다.

마침내 전설상의 경지인 이기어검술이 펼쳐진 것이다.

천천히 날아가던 검이 어느 순간, 섬전처럼 빨라지며 허공을 휘젓기 시작했다. 청성검은 마치 말 잘 듣는 군견처럼 우건이 가리킨 방향으로 날아가며 허공의 한 점을 찔러갔다.

그렇게 1분쯤 흘렀을 때였다.

내력이 끊어지는 느낌을 받은 우건은 얼른 청성검을 회수했다.

여기서 더 무리하다가는 내상을 입을 위험이 있었다. 그리고 내상을 입으면 구룡문과 제천회 회합에 참석하기 어려워 천재일우(千載一遇)의 기회를 놓칠 가능성이 아주 높았다.

검을 회수한 우건은 한숨을 쉬며 다시 가부좌를 하였다.

"1분이 한계인가?"

우건은 지금 상태에서 이기어검술을 펼칠 수 있는 한계가 어디인지 알길 원했다. 그리고 그 결과, 1분이란 결과가 나왔다.

즉, 이기어검술이 1분을 넘어가면 치명적인 내상을 입는단 뜻이었다. 눈을 감은 우건은 지금까지 펼친 천지검법의 초식을 계속 복기하며 심신을 가다듬었다. 연습은 여기까지였다.

앞으로는 연습할 기회가 없었다.

지금 제대로 조정해두지 않으면 실전에서 애를 먹을 수 있었다.

복기를 마친 우건은 문에 걸려 있던 자물쇠를 풀어 문을 열었다.

한낮의 태양이 뿜어내는 뜨거운 열기가 머리 위로 쏟아

졌다.

연공실 앞에는 꽤 많은 사람이 모여 있었다.

우선 수연의 얼굴이 가장 먼저 눈에 들어왔다. 우건이 폐관수련한 3일 동안 마음고생을 했는지 얼굴이 약간 수척했다.

수연이 물병을 건넸다.

"물부터 마셔요."

"고마워."

우건은 감각을 끌어올리기 위해 물과 음식을 완전히 끊었다. 사람은 음식이 입으로 들어가면 나태해지기 마련이었다.

식곤증(食困症)이 그 대표적인 증상이었다.

수연이 건넨 물은 미지근했다.

역시 의사라 그런지 찬물이나, 뜨거운 물이 빈속에 좋지 않다는 사실을 알고 상온(常溫)에 맞춰 미리 준비해둔 것이다.

우건이 물을 마시는 것을 본 후에야 수연이 옆으로 비켜섰다. 수연 뒤에는 원공후, 최욱, 김은 등이 도열하듯 서 있었다.

우건은 그 중 원공후에게 먼저 물었다.

"준비는 끝났소?"

원공후가 얼른 대답했다.

"예, 모두 끝났습니다."

"좋소."

고개를 끄덕인 우건은 수연 등과 2층으로 내려갔다.

우건이 나오길 기다린 듯 부엌에 있던 정미경과 최아영이 서둘러 음식을 내왔다. 3일 동안 곡기를 완전히 끊은 우건을 생각해 전복과 소고기를 넣은 죽이 오늘의 메인메뉴였다.

"같이 드십시다."

우건은 사람들과 식탁에 둘러앉아 죽으로 배를 든든히 채웠다.

식사를 마친 우건은 다시 옥상 연공실을 찾아 무기를 챙겼다.

이번에는 청성검과 함께 용음검, 일로검을 같이 가져갈 생각이었다. 용음검은 개인 동부로 독립할 때 사부 천선자에게 받은 검이었다. 그리고 일로검은 직접 연성한 첫 번째 검으로, 중원을 행도할 때 그의 분신과 같은 역할을 담당했다.

무기를 챙긴 우건은 떠나기 전에 마지막으로 수연을 만났다.

"걱정하지 마. 별일 없을 거야."

"걱정 안 해요."

"그럼 갔다 올게."

그때였다.

수연이 돌아서는 우건을 급히 붙잡으며 물었다.

"다시 돌아올 거죠? 내가, 아니 우리가 있는 여기로 말이에요."

물어보는 수연의 눈가에 엷은 물기가 어려 있었다.

고개를 끄덕인 우건은 수연의 눈가에 맺힌 눈물을 닦아주었다.

"당연하지. 이젠 여기가 내 집인걸."

우건의 대답을 들은 수연이 애써 웃음을 지어보였다.

우건은 그런 수연을 잠시 바라보다가 승합차에 올랐다.

수연과 정미경, 최아영은 차도까지 따라 나와 그들을 배웅했다.

옆에 탄 원공후가 손을 흔드는 정미경을 바라보며 중얼거렸다.

"마누라를 위해서라도 반드시 살아서 돌아가야겠군요."

서울을 출발한 승합차는 몇 시간 후에 강원도 고성에 위치한 스키장 근처의 별장에 도착했다. 그들이 도착하고 나서 얼마 지나지 않아 경찰 특무대 사람들이 별장에 도착했다.

그중 도움이 될 만한 고수로는 특무대 대장 김석, 특무대 제로팀 팀장 진이연, 제로팀 팀원 흑수선 노선영, 천중추권

서균 등이었다. 한데 자세히 보니 특무대만 온 게 아니었다.

경호실 실장 당혜란이 우건을 지원하기 위해 삼절검 하선웅 등 경호실에 속해 있는 고수 10여 명을 추가로 보내주었다.

우건은 김석, 진이연을 만나 작전을 상의했다.

김석이 시계를 보며 물었다.

"곧 구룡문과 제천회의 회합이 열릴 텐데 출발해야 하지 않겠소?"

"조금 더 기다려봅시다. 올 사람이 더 있으니까."

우건의 대답을 들은 진이연이 급히 물었다.

"구룡문에서 갈라져 나왔다는 무령신녀 천혜옥 일파 말인가요?"

"그렇소."

그 대답이 끝나기 무섭게 무령신녀 천혜옥이 중암거산 장대철, 고명딸 명주희 등을 비롯한 고수 30여 명과 도착했다.

천혜옥이 김석 등을 힐끗 보며 우건에게 물었다.

"우리가 늦은 건가요?"

"아니오. 제때 와주었소."

우건은 김석, 천혜옥 등과 작전을 상의한 다음, 바로 출발했다.

우건 일행은 어느새 특무대와 천혜옥 일파를 합쳐 100여 명의 인원으로 늘어나 있었다. 이들을 잘만 이용하면 오늘 이 자리에서 구룡문과 제천회를 한꺼번에 없앨 수 있을 듯했다.

스키장 근처에 도착한 일행은 정찰대를 내보내 적진을 살폈다.

잠시 후, 정찰대를 지휘한 김은이 돌아와 보고했다.

"주위에 경계병을 쫙 풀어놓은 탓에 잠입할 방법이 없었습니다."

우건은 원공후, 최욱, 김석, 천혜옥 등을 불러 말했다.

"우리가 가서 살펴봐야겠소."

원공후 등은 바로 동의했다.

부하들은 실력이 떨어지는 탓에 안으로 잠입할 방법이 없었다.

우건은 원공후 등과 함께 구룡문과 제천회가 풀어놓은 경계병과 순찰병 사이를 지나 스키장 깊숙이 잠입해 들어갔다.

잠시 후, 스키장 가장 깊숙한 곳에 위치한 상급자용 슬로프 정상에서 회담을 나누는 양측 수뇌부를 발견할 수 있었다.

천혜옥이 가장 먼저 구룡문 쪽을 가리켰다.

"검귀 소우와 패천도 강익이 보이는군요."

우건은 천혜옥이 가리킨 방향으로 선령안을 펼쳤다.

패천도 강익은 일전에 본 적이 있어 검귀 소우를 먼저 찾았다.

소우는 체구가 작달막한 백발노인이었는데 검귀란 별호답게 멀리서도 그가 뿜어내는 날카로운 기도를 감지할 수 있었다.

우건은 고개를 돌려 소우와 대화를 나누는 사람을 찾아보았다.

소우와 10여 미터 떨어진 위치에 키가 큰 노인이 서 있었다.

피죽조차 제대로 얻어먹지 못한 사람처럼 비쩍 말라 있어 절로 안쓰러움이 느껴질 정도였는데 소우에 비해 전혀 떨어지지 않는 기도를 발출하고 있어 그런 생각은 곧 사라졌다.

이번에는 원공후가 설명했다.

"저 키 큰 노인은 아마 광무대검 한현일 겁니다."

원공후가 이번에는 한현 옆에 서 있는 청수한 노인을 지목했다.

노인은 특이하게도 등에 검을 열 자루나 메고 있었다.

"등에 검을 여러 자루 멘 저 노인은 열검자가 틀림없을 겁니다."

광무대검 한현과 열검자 두 사람은 배은마귀 은태무, 금안독로 선일공과 함께 제천회를 세운 네 명 중에 두 명이었다.

은태무와 선일공은 죽었다고 들었으니까 한현과 열검자 두 명이 제천회에서 가장 높은 위치에 있을 확률이 아주 높았다.

즉, 한현과 열검자 중에 한 명이 제천회 회주이거나, 아니면 두 명이 공동 회주를 맡고 있을 확률이 아주 높은 것이다.

우건의 기대대로 구룡문과 제천회의 수뇌부가 한자리에 모여 있는 셈이었다. 이런 기회는 다시 오지 않을 것이 분명하기에 우건은 원공후, 김석, 천혜옥 등에게 눈짓을 해보였다.

잠시 후, 연락을 받은 부하들이 경계를 서거나, 순찰을 도는 적 병력을 제거하며 그들이 숨어 있는 위치로 접근해왔다.

그러나 적 역시 그냥 있지는 않았다.

호각을 불어 우건 일행이 쳐들어왔단 사실을 양측 수뇌부에 알렸다. 곧 팽팽한 살기가 스키장을 가득 채우기 시작했다.

다른 사람들과 눈짓을 교환한 우건은 청성검을 뽑아들었다.

"공격하라!"

소리친 우건은 가장 먼저 적의 수뇌부를 향해 몸을 날렸
다.

그런 우건의 뒤를 100여 명의 고수들이 뒤따랐다.

〈10권에 계속〉